Dana Summer

Millionär zu verschenken

Liebesroman

Verlag:
BookRix GmbH & Co. KG
Sankt-Martin-Straße 53-55
81669 München
Deutschland

Texte: Dana Summer
Bildmaterialien: Model: ©istockphoto/Voyagerix;
Cover made by: Linda Woods
Lektorat/Korrektorat: Jeanne Peters

ISBN: 978-3-7396-2006-0

http://www.bookrix.de/-pufca23d2cb5415

BookRix
www.bookrix.de

Dieses Buch ist für alle Leser, die noch immer gerne träumen. Für meinen Mann, der sich nie über mein Stundenlanges vorm Computersitzen beschwert hat. Und zuletzt für die Person, die meinen Traum ermöglicht hat. Jeanne Peters. Ohne dich wäre das Buch nicht das, was es jetzt ist.

Vielen Dank für alles!

Prolog

Winter vor 2 Jahren

Mit tränenverschleiertem Blick starre ich auf die verletzte Person vor mir. Still und bewegungslos liegt der leblose Körper vor mir. Nur mein eigener unkontrollierter Atem ist zu hören. Blut klebt an meinen Händen, der metallische Geruch steigt mir in die Nase und breitet sich in meinen Lungen aus. Nur mit Mühe kann ich den Würgereiz unterdrücken, der sich langsam aber immer heftiger nach oben bahnt.

Durch die Nacht dringt das Heulen der immer näher kommenden Sirenen. Doch ich kann mich nicht rühren. Noch immer halte ich die Hand der Person, die vor mir auf dem Boden liegt, und bete, Gott möge Erbarmen haben.

Leise fallen kleine Schneeflocken auf den bereits weißen Boden und verfärben sich, binnen Sekunden, in ein Meer aus rotem Blut.

Ich höre, wie eine Tür geöffnet wird und Schritte näher kommen. Doch ich kann mich nicht umdrehen, ich muss hier bleiben und aufpassen, dass nichts passiert.

„Bitte gehen Sie zur Seite.“ Sanft aber bestimmt zieht mich jemand an den Schultern hoch.

„Nein“, wehre ich mich und möchte die Hand weg schlagen, die mich umgreift. Doch sie ist stärker als ich und langsam verschwindet die Person auf dem Boden aus meinem Blickfeld.

„Kennen Sie die verletzte Person?“, fragt mich ein Sanitäter und schiebt mich in einen der warmen Krankenwagen, um meine Verletzungen zu begutachten.

Mehr als ein Nicken bringe ich nicht heraus.

„Wer ist die Person?“, hakt er nach und wischt mir mit seinen Händen, die in grauen Latexhandschuhen stecken, das Blut von den Händen.

Von draußen höre ich, wie eine Person leise zu einer anderen sagt: „Es ist zu spät. Wir können nichts mehr für sie tun.“

„Meine Mutter“, bringe ich noch heraus, bevor ich in ein rabenschwarzes Loch falle.

Kapitel 1

„Komm schon, Anisha. Heute ist dein Geburtstag. Du wirst 22 Jahre alt, das müssen wir feiern“, vor mir steht meine beste Freundin Katy mit einer Sektflasche in der Hand und einem breiten Grinsen im Gesicht. Ungeduldig tritt sie von einem Bein auf das andere. Dabei geben ihre Schuhe ein leises Klopfen von sich.

Beim Anblick ihrer schwarzen Haare, die sie mit lila Strähnchen aufgepeppt hat, muss ich ebenfalls grinsen. Es gibt nur wenige Menschen, die sich in grellen Farben und mit einem Look, der einem Papageien Konkurrenz bereitet, wohl fühlen können.

„Lässt du mich nun herein oder muss ich draußen warten und mich alleine mit der Flasche beglücken?“, fragt sie und wedelt mit der Flasche vor meiner Nase herum.

Ich gehe zur Seite und lasse Katy eintreten. Dabei fällt mein Blick auf ihre hautengen, schwarzen Leggins und den ferrariroten Rock. Ihre Lederjacke wirft sie achtlos auf mein kleines, schwarzes Sofa und macht sich am Sektkorken zu schaffen.

Noch bevor sich das klebrige Zeug auf mein Sofa oder den darunter liegenden Teppichboden ergießen kann, eile ich durch den Raum zu meiner winzigen Kochnische und hole zwei Gläser aus dem Schrank.

„Hier.“ Ich reiche ihr die Gläser und gleich darauf sprudelt der Sekt hinein.

Katy stellt die Flasche auf meinem Glastisch ab und drückt mir ein Glas in die Hand. „Auf dich, Süße, und einen wunderschönen Abend."

„Prost!" Unsere Gläser berühren sich und ich nehme einen großen Schluck daraus.

„Gehen wir etwa noch weg? Ich dachte, wir wollten uns einen gemütlichen Abend hier bei mir machen, mit Brad Pitt und..." Ich deute auf meinen kleinen Fernseher.

„Süße, du hast Geburtstag. Dein Brad Pitt läuft uns nicht weg. Mal abgesehen davon, dass er schon längst in festen Händen ist, deinen Traumprinzen findest du nicht auf dem Sofa." Katy beugt sich nach vorne, um ihr Glas auf dem Tisch abzustellen.

„Das weiß ich doch, aber..."

„Kein aber. Denkst du, ich habe mich sonst so in Schale geworfen? Wir sind jung und sollten endlich anfangen das Leben zu genießen."

Da hatte Katy Recht.

Eine knappe Dreiviertelstunde und eine leere Sektflasche später stehe ich vor ihr und ziehe unbehaglich an meinem einzigen schwarzen Kleid herum. Das Kleid ist zu eng und viel zu kurz. Es reicht mir gerade mal bis knapp über den Po und obwohl ich mich wirklich nicht beschweren kann, was meine Figur angeht, fühle ich mich doch etwas unwohl. Ich kann nicht leugnen, dass ich mich in Jeans und Shirt wohler fühle. Dazu noch diese hohen Schuhe, die meine Beine zwar wunderbar zur Geltung bringen, jedoch völlig ungeeignet für einen Tanzmarathon sind, der mir mit Sicherheit heute blühen wird.

„Zieh nicht immer an dir herum. Du siehst bombig aus“, warnt mich Katy und reicht mir ebenfalls meine Lederjacke.

„Auf geht’s. Lass uns feiern!“

Als wir in unserem Lieblingsclub ankommen, herrscht dort bereits reges Treiben. Die Bässe der Musik lassen den Boden unter meinen Füßen vibrieren und hallen in meinen Ohren wie eine Horde kleiner Bienen. Ich lasse meinen Blick durch den Raum gleiten. Auf der Tanzfläche reiben sich verschwitze Körper aneinander, bewegen sich im Takt der Musik.

„Lass uns erst was trinken“, rufe ich Katy über den Lärm hinweg zu.

Doch diese zieht mich mit einem Kopfschütteln auf die Tanzfläche, wo wir uns gleich darauf der Musik hingeben. Ich liebe es zu tanzen. Es befreit mich und lässt mich meine Ängste und Sorgen vergessen. Zumindest für einen kurzen Moment.

Katy und ich tanzen ausgelassen und immer wieder werden wir von fremden Typen angetanzt. Als sich dann jedoch von hinten verschwitzte Hände auf meine Taille legen, habe ich genug. Ich deute Katy mit meinem Kopf an, in Richtung Bar abzuhauen und sie nickt mir zu. Meinen Tanzpartner, einen großen, schlaksigen Typen, lasse ich auf der Tanzfläche zurück und steuere auf zwei freie Barhocker zu. So gut es mein kurzes Kleid zulässt, hieve ich mich auf den mit rotem Samt überzogenen Hocker.

„Was trinkst du? Ich lade dich ein.“ Katy winkt den Barkeeper zu uns und ohne auf meine Antwort zu warten, bestellt sie uns zwei Sex on the Beach.

Ich bin dankbar dafür, denn Katy weiß, dass ich selber kaum Geld besitze. Seit ich bei meinem Vater ausgezogen bin und selbst für meinen Lebensunterhalt aufkommen muss, bleibt mir am Ende des Monats kaum Geld übrig. Und das noch verbleibende Geld gebe ich meiner Schwester.

Bei dem Gedanken an Maylin, meine kleine Schwester, zieht sich mein Herz krampfhaft zusammen. Mir ist bewusst, dass ich Maylin niemals bei unserem Erzeuger hätte zurücklassen dürfen und doch hatte ich keine andere Wahl. Er hätte mir niemals das Sorgerecht für meine erst 14-jährige Schwester übertragen. Nicht einmal jetzt, wo er selbst nicht mehr für sie sorgen kann. Mein Erzeuger ist ein Wrack, ein Schatten seiner selbst, der sein Geld für Alkohol ausgibt, anstatt meiner schwerkranken Schwester ein besseres Leben zu ermöglichen. Als ob das nicht schon schlimm genug wäre, hat er die Krankenversicherung von meiner Schwester und mir gekündigt, um das Geld ebenfalls für Alkohol auf den Kopf zu hauen. Daraufhin habe ich mir einen Job in einer kleinen Firma ergattert. Meine Krankenversicherung ist somit im grünen Bereich. Was aber nicht für meine Schwester gilt, die mittlerweile bei unseren Großeltern, Mums Eltern, lebt. Diese haben eine so geringe Rente, dass sie nur die nötigsten Medikamente und Arztbesuche bezahlen können.

Bei diesem Gedanken keimt unglaubliche Wut in mir hoch. Mit geballten Fäusten sitze ich da und versuche, an etwas anderes zu denken. Irgendwann habe ich hoffentlich genug Geld zusammengespart, um Maylin ein besseres Leben ermöglichen zu können.

„Denkst du an Maylin?“, unterbricht Katy meine düsteren Gedanken und sieht mich mitfühlend an.

Katy ist die Einzige, die weiß, wie schlecht es mir oft geht. Wie sehr ich versuche, eine Lösung für meine Probleme zu finden. Zaghaft nicke ich und nippe an dem blauen Strohhalm, der in meinem Cocktailglas steckt. Katy greift nach meiner Hand und drückt sie. „Du wirst eine Lösung finden. Du solltest dir einen reichen Millionär angeln und…“ Katy hält inne und dann, als hätte sie einen Geistesblitz, legt sie los: „Ani, ich hab´s. Hast du von dieser neuen Realityshow gehört?“

Ich habe nicht den leisesten Schimmer, wovon sie spricht.

„Na die, für die sie noch Teilnehmerinnen suchen. Es werden zehn Frauen gesucht, die für zwei Wochen mit einem Millionär auf eine Karibische Insel fliegen. Dort lernen sie sich besser kennen und am Ende wählt er eine aus.“

Ungläubig starre ich meine Freundin an. Hat sie etwa schon so viel Alkohol intus, dass sie wirklich glaubt, ich würde bei so etwas mitmachen? Unmöglich. „Und dieser Millionär soll sich dann für mich entscheiden?“

„Nicht unbedingt. Aber für jeden Tag, den du teilnimmst, bekommst du Geld, und das nicht zu knapp. Ich habe mir spaßeshalber mal die Teilnahmebedingungen angeguckt. Für jeden Tag bekommst du 2.000 Dollar. Stell dir nur mal vor, wie viel Geld das sein kann!“ Katy sprüht nur so vor Begeisterung, doch auf mich will der Funke nicht überspringen.

„Ich weiß nicht. Weißt du, was da für Tussis mitmachen? Was soll ich denn da? Da passe ich doch gar nicht hin und außerdem, wer sagt mir denn, dass die mich überhaupt nehmen?“

„Na, das lass mal meine Sorge sein. Du weißt doch, ich habe Beziehungen.“

„Falls du von deinem schmierigen Onkel sprichst, nein danke. Ich werde ihm sicherlich nicht meine Brüste zeigen, damit ich dort mitmachen kann.“

Katy zieht beleidigt ihre Unterlippe nach vorne: „Das musst du ja auch nicht. Das bekomme ich auch so hin.“

Kapitel 2

Die Tage vergehen und ich habe das Gespräch zwischen Katy und mir an meinem Geburtstag schon wieder vergessen. Es ist Freitagnachmittag und in einer knappen Stunde habe ich Feierabend. Was bedeutet, dass ich endlich wieder aus San Francisco rauskomme und die zwei Stunden Zugfahrt auf mich nehme, um Maylin zu besuchen. Im selben Moment, in dem ich mich erhebe, um einen Stapel Blätter zu kopieren, klingelt mein Schreibtischtelefon und mit einem Seufzer hebe ich ab: „Büro Mr. Winter, Sie sprechen mit…"

„Ja ja, ich weiß schon, wer dran ist. Halt dich fest. Du bist genommen", vernehme ich am anderen Ende Katys quirlige Stimme.

Zuerst verstehe ich nur Bahnhof, doch als sie weiter drauflos plappert dämmert mir langsam auf was sie hinaus will.

„Ab Montag geht es los. Du musst packen, besser gesagt, wir müssen einkaufen gehen. Mein Onkel hat dir einen Scheck über einige Hundert Dollar ausgestellt, um dich einzukleiden und…"

„Mach mal langsam! Du hast mich nicht wirklich bei dieser Show angemeldet?", frage ich und lasse mich geschockt auf meinen Schreibtischstuhl fallen. Ich spüre, wie mir jegliche Farbe aus dem Gesicht weicht. Zum Glück habe ich das Büro, das ich sonst mit drei anderen Sekretärinnen teile, gerade für mich allein. Wären diese dagewesen, hätten sie mich bestimmt sofort zu einem Arzt geschickt, so kreidebleich wie ich bin.

„Genau. Ich habe das für deine kleine Schwester getan. Ihr braucht das Geld und wo willst du sonst auf einen Schlag so viel Geld hernehmen? Hast du mir nicht erst erzählt, dass der Arzt ihr ein anderes Medikament verschreiben will, das zu 80 Prozent anschlägt, aber so teuer ist, dass deine Großeltern ihr Auto verkaufen müssten?“

„Das stimmt“, gebe ich, wenn auch widerwillig, zu und doch ist mir die Sache nicht geheuer. 24 Stunden vor einer Kamera zu stehen und sich mit neun anderen Weibern um einen Mann zu prügeln, der wahrscheinlich so alt und notgeil ist, dass er es nötig hat, an einer solchen Show teilzunehmen.

„Hast du diesen reichen Fuzzi überhaupt schon gesehen? Was wenn er dick, alt und einfach nur eklig ist? Soll ich dann immer noch so tun, als ob ich ihn scharf finde?“, überlege ich laut und wickele mir eine Haarsträhne um den Zeigefinger.

Katys Zögern verrät mir alles.

„Also nicht? Mensch Katy, und wenn ich gar keinen Urlaub bekomme?“

„Dann lässt du dir eben unbezahlten Urlaub geben. Jetzt sei doch nicht so. Du bekommst zwei Wochen kostenlosen Urlaub und am Ende womöglich noch eine ordentliche Stange Geld. Also stell dich nicht so an.“

„Stell dich nicht so an? Du hast leicht reden“, äffe ich Katy nach.

„Wann hast du Feierabend? Ich hole dich ab.“

„In knapp 50 Minuten. Aber ich muss noch mit meinem Chef sprechen und außerdem habe ich versprochen, dieses Wochenende meine Schwester zu besuchen."

„Dann ruf sie an und schildere ihr die Situation", gibt Katy zurück und legt einfach auf.

Wer so eine Freundin hat, der braucht keine Feinde, denke ich mir und doch weiß ich, dass sie es nur gut meint.

Tatsächlich hat mein Chef, Mr. Winter, zugestimmt, auch wenn er nicht begeistert von der Idee ist, mich im Fernsehen sehen zu können. Mit dem Handy zwischen Ohr und Schulter eingeklemmt warte ich, bis meine kleine Schwester das Gespräch annimmt, um ihr von der Sache zu berichten.

„Ja, hallo", höre ich, wie sie schließlich mit leiser, brüchiger Stimme an ihr Handy geht.

„Hi Schwesterherz. Wie geht es dir?", beginne ich unser Gespräch und hetze die drei Stockwerke des Treppenhauses hinab.

„Geht so. Ich habe ziemlich starke Rückenschmerzen und das Trinken fällt mir schwer", gibt sie ehrlich zu.

Der Kloß in meinem Hals wird größer, als ich mir vorstelle, wie sie in ihrem Bett liegt, die Haut weiß und dünn wie Papier, mit schmerzerfülltem Gesicht und doch haben ihre Augen immer noch den Glanz, wie die von Mum.

„Ich weiß, Süße. Dr. Blum hat mir erzählt, dass es ein Medikament gibt, das deine Nieren zu mehr Tätigkeit anregt."

„Hmm ja, aber es ist so teuer und ich weiß nicht…"

„Süße, mach dir darüber keine Gedanken. Ich habe hier die Chance mehr Geld zu verdienen, aber dafür kann ich dich zwei Wochen nicht sehen und auch nicht mit dir telefonieren." Schwer atmend halte ich auf der Treppe inne und warte, was Maylin dazu sagt.

„Schade. Was genau ist das für ein Job?", hakt meine Schwester nach und mit Tränen in den Augen muss ich feststellen, wie erwachsen sie mit ihren 14 Jahren schon klingt. Das Leben hat es bisher auch nicht gut mit uns gemeint. Erst der Tod unserer Mutter, dann Maylins Nierenerkrankung und zuletzt die Alkoholabhängigkeit unseres Erzeugers.

„Das kann ich dir im Moment nicht sagen." Denn würde ich dies tun, hätte Maylin sicher etwas dagegen.

„Und wie hat es deine Schwester aufgenommen?" Katy steht neben mir in einem Klamottenladen, zieht ein Kleid nach dem nächsten heraus und wirft es achtlos über die Eisenstange. Mein Blick huscht zu der Verkäuferin, die uns nicht sonderlich begeistert beobachtet und mit einem Gesicht, als ob wir lästige Fliegen wären, weiter die neueste Ware einräumt.

Vorsichtig, um ja nichts zu verknittern, halte ich mir ein nachtblaues Abendkleid vor den Körper und werfe einen Blick in den Spiegel. Das Kleid ist wunderschön, es passt perfekt zu meinen katzenhaften, grauen Augen, für die ich immer wieder Komplimente bekomme. Häufig werde ich gefragt, ob ich farbige Kontaktlinsen trage, denn so außergewöhnliche Augen haben nicht viele Menschen. Spontan fallen mir nur zwei ein. Mein Erzeuger, der mir dieses Erbgut mitgegeben hat, und meine Wenigkeit. Zum Glück ist es das Einzige. Mein langes, goldblondes Haar und meine schlanke Figur hat mir meine Mutter vererbt. Wie auch die bescheidene Größe von nur 153 cm. Leider.

Beim Gedanken an meine Mutter läuft mir ein Schauer über den Rücken. Noch immer wache ich manchmal nachts auf und sehe sie vor mir auf dem schneebedeckten, weißen Boden liegen. Der Gedanke an meine Mutter schmerzt und es vergeht kein Tag, an dem ich mir nicht wünsche, die Zeit zurückdrehen zu können. Auch nur für ein paar Minuten.

Unauffällig wische ich mir eine Träne aus dem Augenwinkel und blicke zu Katy, die bereits einen Berg an Klamotten aufgetürmt hat und ihre Einkaufsliste scheint kein Ende zu nehmen.

Mit einem leisen Seufzer ergebe ich mich meinem Schicksal, denn ich weiß, dass Katy keine Ruhe geben wird, ehe ich von Kopf bis Fuß für dieses absurde Vorhaben eingekleidet bin.

Kapitel 3

Das Klackern meiner hohen Pumps hallt von den steril gestrichenen, weißen Wänden wider. Hinter mir hört man das leise Quietschen meines in die Jahre gekommenen Koffers, der so gar nicht zu meinem restlichen Erscheinungsbild passen will. Ich trage eine enge Röhrenjeans und ein hellgrünes Top mit Wasserfallausschnitt. Darüber einen schwarzen Blazer, den ich mir von Katy ausgeliehen habe, der aber, durch den Flug nach Helena, in den Bundesstaat Montana, mehr als verknittert ist. Für meinen Geschmack bin ich viel zu gestylt. Katy hat mich darüber informiert, dass sich alle Mädels in Helena treffen, um von dort aus zu einem, mir noch völlig unbekannten, Reiseziel zu fliegen.

Laut Katy soll uns ein Agent am Flughafen abholen und zu dem Hotel bringen, in dem wir Mädchen zum ersten Mal aufeinandertreffen.

Suchend schaue ich über die Köpfe der einzelnen Passagiere, die geschäftig auf den Ausgang zusteuern.

Der Lärmpegel in der Ankunftshalle ist so hoch, dass man selbst die Lautsprecherdurchsagen kaum verstehen kann. Mit meinem Koffer im Schlepptau steuere ich auf den Ausgang zu und sehe dort eine junge Frau stehen, kaum älter als ich, die ein Schild hochhält und sich geschäftig umblickt. Auf dem Schild steht ‚Milliers and Son Agency'.

„Hi", begrüße ich sie und lasse meinen Koffer achtlos neben mir stehen.

Die junge Frau schaut erst mich, dann meinen scheinbar von Mäusen zerfressenen Koffer an und wieder zu mir hoch.

„Anisha Severson?“

„Genau. Bin ich denn die Einzige?“ Skeptisch sehe ich mich in der Ankunftshalle um.

„Die Letzte“, bringt die junge Frau mit ihrem kurzen, roten Haarschnitt und den manikürten Fingernägeln mühsam heraus. Die Gute scheint von meinem Anblick nicht sonderlich begeistert zu sein. Ihr maßgefertigter Hosenanzug sitzt wie angegossen und auch sonst scheint sie sehr viel Wert auf ihr Äußeres zu legen. Ganz im Gegensatz zu mir. Nur gut, dass Katy mich vorher noch eingekleidet hat, sonst hätte die Agentin mich hier vermutlich wortlos stehen lassen.

„Mein Name ist Abby und ich bringe Sie nun in unser Hotel. Morgen früh geht der Flieger schon recht zeitig, deshalb werden Sie die anderen Mädchen erst am Flughafen kennenlernen.“ Mit diesen Worten marschiert sie los, mein zerfetzter Koffer und ich folgen ihr.

Völlig kaputt komme ich knapp eine Stunde später irgendwo mitten im Nirgendwo an. Abby hat mich vor einem kleinen Hotel abgesetzt, das ein paar Meilen von der Stadt entfernt liegt. Mit Hilfe der Scheinwerfer von Abbys

Wagen und dem schwachen Licht, das den Hoteleingang beleuchtet, steuere ich auf das Hotel zu und öffne die in die Jahre gekommene Glastür. Die Tür lässt sich zwar problemlos aufschieben, gibt aber ein lautes, wütendes Quietschen von sich, wie man es in alten Westernfilmen oft hört.

„Guten Abend“, begrüßt mich ein älterer Herr hinter dem Empfangstresen und schiebt sich seine Nickelbrille wieder auf die Nase.

Sein graues Haar steht wild von seinem Kopf ab und er sieht so aus, als hätte er gerade ein Nickerchen gemacht. Irgendwie erinnert er mich ein wenig an Albert Einstein. Ich kann mir ein Lächeln kaum verkneifen und stelle ihn mir in einem Laborkittel vor.

„Guten Abend. Mein Name ist…“ Ich trete zu dem Herrn und stütze mich auf dem Holztresen ab.

„Sie sind die Letzte im Bunde dieser Show“, klärt er mich auf und schiebt mir eine Karte zu. „Zimmernummer 33. Zweiter Stock, hinten links“

„Ähm, danke“, bringe ich hervor, schnappe mir die Karte und mache mich auf den Weg zu meinem Zimmer, um den guten Herrn nicht weiter bei seinem Schläfchen zu stören.

Im ganzen Hotel herrscht eisiges Schweigen und ich komme mir vor wie im Musical Rocky Horror Picture Show. Der hässliche grüne Teppich und die vergilbten Wände machen das Ganze nicht besser. Bloß gut, dass das Licht hier nur so schwach den Flur beleuchtet. Wenn mein Zimmer nur annähernd so wenig einladend ist, dann kann ich die ganze Nacht mit Sicherheit kein Auge zutun.

Ich stolpere beinahe über meine eigenen Füße, als ich endlich meine Zimmertür erreiche und die Karte ins Schloss schiebe. Gleich darauf springt die Zimmertür auf und ich befinde mich in einem winzigen Zimmer. Und wenn ich sage winzig, dann meine ich auch winzig. Im Zimmer stehen ein Doppelbett und ein dunkelbrauner Holzschrank, der in keiner Weise zu dem weiß gestrichenen Bett passt. Mein Koffer hat kaum Platz, so eng ist es in dem Raum. Neben der Zimmertür befindet sich noch eine weitere Tür, die zu einem kleinen Bad führt. Die Fliesen und auch der Rest des Bades sind in weinrot gehalten und ich komme mir vor, als wäre ich mitten durch eine Zeitschleuse 50 Jahre zurückversetzt worden.

Hinter mir schließe ich die Zimmertür und werfe mich in voller Montur auf das Bett.

In was für einem Albtraum bin ich nur gelandet, schießt es mir durch den Kopf und umso länger ich nachdenke, umso sicherer bin ich mir, dass a) es sich nicht um einen Millionär handeln kann, der seine Gäste in einer Absteige wie dieser unterkommen lässt oder b) er die Mädels testen will, welches mangels Komfort gleich wieder abreist oder c) die Show den Mädchen erst Luxus gewährt, wenn die Kameras an sind.

Bei Gott, ich bin kein verwöhntes Mädchen, aber allein der Gedanke hier zu duschen, jagt mir einen Schauer über den Rücken. Leicht hebe ich meinen Arm, um an mir zu schnuppern. Im Moment rieche ich noch angenehm nach meinem Lieblingsdeo und meinem Parfüm vermischt mit dem leicht mottigen Geruch des Zimmers, was mich ein wenig an den Kleiderschrank meiner Großeltern erinnert.

Erschöpft lasse ich mich nach hinten auf die Kissen sinken und überlege, wie ich die nächsten Tage überstehen kann.

Als ich das nächste Mal die Augen öffne, werde ich von hellen, warmen Sonnenstrahlen begrüßt. Verschlafen reibe ich mir die Augen und schaue mich suchend um. Ich brauche ein paar Sekunden, um mir bewusst zu werden, dass ich noch immer im Bett liege. Die Deckenlampe surrt verdächtig laut, vermutlich weil ich sie gestern Abend nicht mehr ausgeknipst habe. Selbst meine Klamotten habe ich anbehalten. Nicht besonders gut gelaunt steige ich aus dem Bett. Noch immer ist kein Ton auf den Gängen zu hören. Völlige Ruhe und so beschließe ich, mir doch eine Dusche zu gönnen. Wer weiß, wann ich das nächste Mal dafür Zeit finden werde.

Nach einer ausgiebigen Dusche fühle ich mich schon viel besser und auch der Hunger schleicht sich langsam ein. Auch wenn die anderen Mädchen noch schlafen, ich muss was in meinen leeren Magen bekommen. Ich schlüpfe in eine Jeans und in ein schlichtes blaues Top, ziehe mir meine Ballerinas an und verlasse mein Zimmer. Ich folge dem schmalen Gang und komme schließlich unten an der Rezeption an. Dieses Mal werde ich nicht von dem älteren Herrn begrüßt, sondern von einer älteren Dame, die mich ansieht, als ob sie einen Geist zu Gesicht bekommt. Beinahe lässt sie die Vase, die sie in den Händen hält und von Staub befreit, fallen.

„Was tun Sie hier?“, fragt sie mich hektisch und ich befürchte schon, sie hält mich für einen Einbrecher oder etwas in der Art.

„Ich wollte eigentlich etwas frühstücken, aber wenn ich zu früh dran bin, dann…“, versuche ich es freundlich, um gleich darauf wieder unterbrochen zu werden.

„Zu früh?“, fragt sie entgeistert. „Meine Liebe, Sie sind zu spät. Die anderen Damen sind schon seit fast zwei Stunden aus dem Haus.“

„Wie bitte?“ Das war doch ein Scherz. Halt suchend greife ich nach dem kleinen Stehtisch zu meiner Rechten und umklammere ihn fest, um nicht das Gleichgewicht zu verlieren und zu stürzen.

„Ja, ganz früh am Morgen sind sie abgereist. Ich wusste nicht, dass sich noch jemand im Haus befindet und…“ Der Dame steht der Schreck ins Gesicht geschrieben.

„Aber das kann nicht sein. Ich gehöre dazu… Was mache ich denn jetzt? Ich habe noch nicht mal die Nummer von…“, schüttele ich den Kopf und merke, wie mir jegliche Farbe aus dem Gesicht weicht und der Boden unter meinen Füßen leicht zu schwanken beginnt.

„Setzten Sie sich erst einmal. Ich kümmere mich darum.“ Nun hört sich die Frau schon freundlicher an und deutet auf einen alten abgewetzten Ledersessel.

Ich fühle mich, als ob mir jemand einen Schlag auf den Kopf verpasst hätte, unfähig zu denken, geschweige denn zu handeln. Mit den Nerven am Ende nehme ich dankbar auf dem Sessel Platz und bekomme am Rande mit, dass die Dame mit jemandem telefoniert: „Wenn ich es dir doch sage, sie haben ein Mädchen vergessen… Nein, das weiß ich, aber… Was soll ich denn deiner Meinung nach tun… Jetzt hörst du mir mal zu, das Mädchen ist am Boden zerstört und du, David Brandon, bewegst deinen Luxuskörper jetzt hier her und nimmst die Kleine mit. Verstanden?“

Der Hörer wird auf die Gabel geknallt und die ältere Dame kommt zu mir herüber. „Komm, mein Mädchen. Jetzt bekommst du erst einmal etwas zu Essen, danach sieht die Welt schon wieder anders aus.“

Ihre knochige alte Hand legt sich warm auf meinen Oberarm. Sanft schiebt sie mich durch die Rezeption in den hinteren Teil des Hauses, wo sich eine separate Wohnung befindet. Ich lasse mich von ihr an verschlossenen Türen vorbei zu einer gemütlich wirkenden Küche bringen, in der sie mir einen Holzstuhl an einem großen Tisch zurechtrückt.

„Setzten Sie sich.“

Dankend nehme ich an, noch immer unfähig, dass alles recht glauben zu können. Wie können sie nur ein Mädchen vergessen? Das ist doch schlicht unmöglich.

„Ich möchte Ihnen wirklich keine Umstände bereiten.“ Mir ist das alles so unangenehm, jetzt halte ich auch noch die ältere Dame von ihrer Arbeit ab.

Doch diese winkt nur ab und zaubert mir innerhalb einer Viertelstunde ein Frühstück, das keine Wünsche offen lässt.

„Hier, meine Liebe, lassen Sie es sich schmecken“, sagt sie und nimmt mir gegenüber mit einer Tasse Tee Platz.

Wie auf Kommando knurrt mein Magen bei dem herrlichen Duft von Rühreiern mit Speck und frischem Toast. Gierig greife ich zu und genieße jeden Bissen.

Dabei spüre ich, wie die Dame mich amüsiert beobachtet. „Sie sind ganz anders als die anderen Damen. Sie scheinen so gar nicht in diese seltsame Show zu passen“, sagt sie und rührt dabei mit einem Löffel ihren Tee um.

Auf eine seltsame Art verspüre ich den Drang, der Dame alles zu erzählen und ich bin auch fast so weit, doch dann höre ich eine tiefe männliche Stimme rufen: „Hallo?“

„Wir sind in der Küche“, gibt die Dame zurück ohne Anstalten zu machen, den Gast richtig zu begrüßen.

Ich stecke mir den restlichen Toast in den Mund. Eine seltsame Art, Gäste zu begrüßen, schießt es mir durch den Kopf. Kurz darauf vernehme ich schnelle Schritte und dann wird auch schon die Tür aufgerissen. Neugierig blicke ich auf und beinahe bleibt mir das Stück Toast im Hals stecken. Mein Speichel scheint sich in Luft aufgelöst zu haben und der Toast kratzt unangenehm in meinem Hals.

Im Türrahmen steht der mit Abstand best aussehende Mann, der mir je unter die Augen gekommen ist. Groß, muskulös, mit breiten Schultern und einem Anzug, der wie angegossen sitzt. Sein kurzes, dunkelbraunes Haar kringelt sich leicht auf seinem Kopf und der gepflegte Dreitagebart scheint gewollt. Sein Gesicht ist makellos, aber was noch viel faszinierender ist, sind seine Augen. Tiefblaue Augen mit langen, dichten, schwarzen Wimpern, die jede Frau vor Neid erblassen lassen.

Das Kratzen in meinem Hals verschlimmert sich und wenn ich nicht bald etwas dagegen unternehme, dann werde ich vermutlich daran ersticken.

Hustend versuche ich den Bissen hinunter zu bekommen, dabei entgeht mir nicht, dass Mr. Perfekt mir einen abfälligen Blick zuwirft.

„Ist sie das?“, fragt er die ältere Dame und diese bestätigt es mit einem Nicken.

Die Augen von Mr. Perfekt drehen sich genervt nach oben.

Mit Mühe bekomme ich den restlichen Bissen des Toastes hinuntergewürgt.

„Wenn Sie dann fertig mit frühstücken sind, können wir aufbrechen“, gibt er unfreundlich mit einem Blick in meine Richtung von sich.

„Und wer sind Sie, wenn ich fragen darf?“ Meine Arme verschränken sich vor meinem Körper. Ich gehe sicher nicht mit diesem zwar wunderschönen, aber äußerst arroganten Mann irgendwo hin, bevor ich nicht zumindest seinen Namen kenne.

„Ich bringe Sie zu Ihrer Show. Deswegen sind Sie doch hier? Um Geld von einem reichen Typen abzustauben.“ Nun verschränkt er ebenfalls die Arme, dabei lassen sich seine breiten Oberarmmuskeln deutlich erkennen.

„Sie scheinen ja bestens informiert zu sein Mr. …“, gebe ich schnippisch zurück. Was denkt sich dieser Typ eigentlich? Nur weil er in einem teuren Anzug steckt, kann er so mit anderen umspringen?

Mit mir nicht Freundchen.

„David, bitte“, mischt sich nun die ältere Dame ein, die bis jetzt schweigend zugehört hat.

David war also der Name von Mr. Perfekt-Arrogant.

„Anisha“, stelle ich mich ihm vor und greife nach meinem Teller, um mein benutztes Geschirr wegzuräumen.

„Lassen Sie nur, Liebes. Ich räume das für Sie weg.“ Die ältere Dame tätschelt mit liebevoll die Hand.

„Nein, bitte. Sie haben sich schon solche Mühe meinetwegen gemacht“, gebe ich mit einem Lächeln zurück. Die Dame wird mir von Minute zu Minute sympathischer.

„Wenn das dann geklärt wäre, können wir dann?“, fragt Mr. Perfekt-Arrogant genervt und blickt auf seine Rolex.

Ohne auf ihn zu achten räume ich mein Geschirr in die Spüle.

„Wo ist Ihr Koffer?“, fragt er und betrachtet den Boden neben mir.

„In meinem Zimmer“, gebe ich nicht sonderlich freundlich zurück. Seine miese Laune überträgt sich auf mich.

„Dann sollten wir den holen.“

„Das schaffe ich auch alleine“, beeile ich mich zu sagen, denn es wäre wohl besser, mich vor dem Flug noch einmal kurz frisch zu machen.

Sein Blick wandert von meinem Kopf bis zu meinen Füßen und mit hochgezogener Augenbraue antwortet er: „Das bezweifle ich.“

„Was genau wollen Sie damit andeuten?“ Jetzt bin ich richtig sauer. Falls dieser Klotz von Mann auf meine Größe anspielen will, dann bekommt er Ärger und zwar richtigen. Es gibt ein paar Dinge, bei denen ich keinen Spaß verstehe und meine Größe, steht hier an oberster Stelle.

„Sind sie kleinwüchsig?“, gibt er daraufhin zurück.

Gerade noch kann ich an mich halten, um ihm nicht an die Gurgel zu springen.

„Wie bitte? Ich bin 153 cm groß. Also ganz sicher nicht kleinwüchsig. Aber in ihrem Gehirn scheinen so manche Zellen zu klein geraten zu sein oder an einer anderen Stelle an Ihrem Körper“ Ich lasse meinen Blick auf seiner Körpermitte ruhen. Er folgt meinem Blick, verzieht allerdings keine Miene.

„Streitet ihr euch etwa?“ Die ältere Dame schaut verwundert zwischen uns hin und her.

„Mit diesem Zwerg?“, gibt Mr. Arsch lässig zurück.

„Zwerg?“, pruste ich und meine Hände ballen sich wütend zusammen.

„Bitte, bitte. Anisha, holen Sie Ihren Koffer. Mit diesem Herrn hier rede ich“, versucht die ältere Dame zu schlichten und ohne ihn noch eines Blickes zu würdigen stapfe ich hocherhobenen Hauptes an ihm vorbei.

Mit einem Ruck werfe ich meine Zimmertür hinter mir ins Schloss. Noch immer zittere ich vor Wut. Schon seit Langem hat mich niemand mehr so gedemütigt. Was bildet sich dieser Typ überhaupt ein? Meint er, nur weil er in einem teuren, maßgeschneiderten Anzug steckt so mit mir umzuspringen zu können?

Ich schnappe mir meinen Koffer und will schon zur Tür hinausgehen, als mir eine zündende Idee kommt.

Schnell öffne ich den Koffer und greife nach unten.

Perfekt, grinse ich in mich hinein und ziehe mich schnell um. Dann verlasse ich das Zimmer und gehe zurück zur Rezeption, von wo ich schon die Stimme der Hotelbesitzerin und diesem David höre.

Als sie mich bemerken, unterbrechen sie ihr Gespräch und beide sehen mich verwundert an. Während bei der Frau ein Lächeln auf dem Gesicht erscheint, verzieht David sein Gesicht und lässt keinen Zweifel daran, was er von mir hält.

„Können wir dann?“, fragt er mich und ohne auf meine Antwort zu warten, geht er hinaus.

Arschloch, denke ich mir und verabschiede mich mit einem Lächeln von der Hotelbesitzerin.

„David ist manchmal nicht ganz einfach. Aber im Grunde ein sehr netter Mann“, flüstert sie mir zu und ihre Hände schließen sich um meine.

So ganz kann ich das nicht glauben und antworte: „Solange er mich zum Ziel bringt.“

„Das wird er, meine Liebe. Sie dürfen sich nur nicht von ihm unterkriegen lassen. Aber Sie scheinen mir eine sehr nette junge Frau zu sein. Etwas Besonderes“, gibt sie zurück und lässt meine Hände schließlich los.

„Danke sehr“, bringe ich verwundert hervor.

„Passen Sie auf sich auf.“

„Und Sie auf sich. Danke noch einmal für Ihre Hilfe und das wunderbare Frühstück.“

„Gerne, meine Liebe. Vielleicht bis bald, ich würde mich sehr freuen“, sagt sie mit einem Zwinkern und ich weiß nicht genau, was ich darauf antworten soll.

Die Dame ist sehr nett zu mir gewesen, aber ich werde sicher keinen Urlaub in diesem Hotel machen. Aber das muss ich ihr ja nicht auf die Nase binden.

Stattdessen antworte ich: „ Auf Wiedersehen.“ Ich winke ihr, bevor ich mit meinem Koffer das Hotel verlasse, noch einmal zu.

Draußen angekommen fällt mein Blick sofort auf David, der arrogant an seinem tiefschwarzen BMW X5 lehnt und mich keines Blickes würdigt.

Ein paar Meter vor ihm bleibe ich stehen. Er muss mir schon den Kofferraum öffnen, damit ich mein Gepäck verstauen kann. Allerdings reagiert er gar nicht auf mein Eintreffen und so umrunde ich ihn und bleibe vor dem Kofferraum stehen.

„Wären Sie bitte so freundlich?"

Schweigend kommt er um das Auto herum, steckt dabei sein Handy weg, öffnet den Kofferraum und verstaut meinen Koffer mit einer schnellen Bewegung, als ob es sich um 5-Kilo-Gewicht handeln würde, neben anderen Gepäckstücken im Auto.

Ok, Mr. Arrogant besucht wohl regelmäßig das Fitnessstudio, schießt es mir durch den Kopf. Mit einem knappen „Danke", klettere ich auf den Beifahrersitz und schnalle mich an.

Die schwarze Lederausstattung und auch der Rest des Autos sehen aus, als ob es nagelneu ist.

Ohne ein Wort setzt er sich auf den Fahrersitz, startet den Motor und dann fahren wir auch schon auf einem unbefestigten Weg zurück in Richtung Stadt.

Der Typ ist nicht nur arrogant, nein, er ist auch unhöflich und eine Unterhaltung mit ihm scheint mehr als unmöglich. Hoffentlich sind wir bald am Flughafen. David sitzt nur ein paar Zentimeter von mir entfernt und ich kann den herben Duft von Männerseife vermischt mit Parfüm deutlich riechen.

Schade, dass der Typ so ein Arsch ist. Er sieht einfach perfekt aus.

Plötzlich kommt mir ein Gedanke. Woher weiß David überhaupt wohin er mich bringen muss und was hat er mit dieser Show zu tun? Arbeitet er vielleicht für die Show? Wenn ja, dann muss er ganz schön viel Geld verdienen.

Vielleicht sollte ich auch eine Karriere beim Fernsehen anstreben, überlege ich und blicke aus dem Fenster. Die Landschaft ist wunderschön und die Straßen kaum befahren. Kein Vergleich zu meiner Heimatstadt. Die Ruhe ist wunderbar und doch lässt mich die Frage nicht los, was David hier genau tut.

„Gehören Sie zu dem Fernsehsender? Oder woher wissen Sie, wohin Sie mich bringen sollen? Habe ich überhaupt noch ein Flugticket bekommen?“, platze ich heraus und verfolge weiterhin die wunderbare Landschaft.

„Sie scheinen nicht nur einen schlechten Kleidungsstil zu haben, Sie scheinen auch noch ziemlich neugierig zu sein“, gibt er düster zurück.

„Wie bitte?“ Mein Kopf schnellt zu ihm herum und wieder steigt die Wut langsam in mir hoch.

„Nun, Sie laufen herum wie ein Paradiesvogel. Oder gehört das zu Ihrer Taktik das Interesse des Millionärs zu wecken? Falls ja, kann ich Ihnen sagen, dass der Schuss nach hinten losgehen wird“, gibt er emotionslos zurück.

Meine Hände, die bis eben noch auf meinen Oberschenkel gelegen haben, ballen sich wütend zusammen und ich atme hörbar aus. „Und gehört es zu Ihrer Taktik, ein überheblicher, arroganter Vollidiot zu sein?“

Sein Mund verzieht sich zu einem abfälligen Lachen.

Am liebsten würde ich ihm sein überhebliches Grinsen aus dem Gesicht schlagen. Gut, ich wollte ihn ärgern und habe deswegen meine knallenge feuerrote Jeans und mit Sonnenblumen bedrucktes Top angezogen, so dass ich aus einer Menschenmenge herausstechen würde, wie eine Leuchtboje in der Dunkelheit. Aber deswegen muss er mich doch nicht beleidigen.

„Beantworten Sie nun meine Frage?“, hake ich leicht schnippisch nach.

„Früher oder später werden Sie es ja sowieso erfahren…“ Bevor er mir antworten kann, wird er von seinem Handy unterbrochen, das auf dem Armaturenbrett liegt und wild drauflos klingelt.

„Ja“, geht er genauso unfreundlich an sein Handy, wie er zu mir ist.

Er lenkt seinen Wagen auf den Seitenstreifen und stellt den Motor ab, um telefonieren zu können.

Seine perfekten, langen Finger halten das Handy an sein Ohr und ich kann mir nicht verkneifen, mir vorzustellen, wie sich diese Hand und diese Finger auf meiner Haut wohl anfühlen würden.

„Ja, ich weiß… Nein, es gibt ein Problem“, dabei wirft er mir einen kurzen Seitenblick zu. „Nein, ich kann im Moment nicht sprechen… Du weißt, was zu tun ist.“ Sein Ton wird schroffer und seine Augen heften sich wieder auf die Straße vor uns.

Schweigend hört er zu und antwortet dann mit einem Ton, der keinen Widerspruch zulässt: „Es wird so gemacht wie besprochen. Bis nachher.“

Puh, David ist ein knallharter Geschäftsmann. Die armen Mitarbeiter, niemand wünscht sich wohl so einen Chef.

David legt das Handy wieder zurück und startet den Wagen.

Seine Miene ist verschlossen und ich traue mich nicht, ihn noch einmal um eine Antwort auf meine Frage zu bitten.

Kapitel 4

Kaum sind wir wieder auf der Straße, klingelt sein Handy erneut und mit einem leisen Fluchen geht er ran.

Aus dem Augenwinkel kann ich sehen, wie er aufmerksam zuhört und binnen ein paar Sekunden lässt der verbissene Gesichtsausdruck nach und er antwortet: „Ich bin sofort da.“

Er legt sein Handy auf den üblichen Platz zurück und bremst ab. Wir befinden uns kurz vor der Stadt, mit einer schnellen Bewegung wendet er den Wagen und fährt auf dem Weg, der uns zur Stadt bringen sollte, wieder zurück ins Nirgendwo.

Durch seine schnelle Wendung werde ich an die Tür gedrückt und kann mich nur mit Mühe am Sitz festhalten, um nicht mit dem Kopf an das Fenster zu schlagen.

„Was zum Henker machen Sie da? Sie müssen mich zum Flughafen bringen“, wende ich mich gereizt an ihn und reibe mir die Schulter, die an die Tür gedrückt wurde.

Doch David ignoriert mich und beschleunigt sein Auto weiter.

Langsam bekomme ich es mit der Angst zu tun. Auch wenn die Straße nahezu menschenleer ist, ist mir sein Fahrstil nicht geheuer.

„Was tun Sie denn da? Lassen Sie mich sofort aussteigen“, befehle ich ihm und kann deutlich hören, wie angespannt meine Stimme klingt. Keine Minute länger will ich mit diesem Irren in einem Auto sitzen.

Doch David scheint mit seinen Gedanken ganz woanders zu sein. Er gibt keinen Ton von sich und fixiert die Straße.

Mir reicht es.

Wer nicht hören will, muss fühlen, denke ich mir und mit einer schnellen Bewegung boxe ich ihn in den Oberarm.

„Sind Sie von allen guten Geistern verlassen? Sehen Sie denn nicht, dass wir uns mitten auf einer Straße befinden?“, herrscht er mich an und fängt problemlos meinen nächsten Schlag ab. Seine kräftige Hand legt sich um mein Handgelenk und ich kann das Kribbeln, das dabei auf mich überspringt, nicht ignorieren. Ein warmer Schauer jagt zu der Stelle auf meiner Haut, auf der seine Hand liegt.

„Lassen Sie mich sofort los!“

„Wenn Sie Ihr Gehirn einschalten und mich nicht weiter verprügeln“, gibt er gefährlich leise zurück.

„Verprügeln? Jetzt stellen Sie sich nicht so an. Sagen Sie mir lieber was hier los ist“, gebe ich zynisch zurück und blicke auf seine warme, kräftige Hand, die mich immer noch gefangen hält.

David fährt rechts ran und sieht mich düster an. Seine Augen sind kalt und gefährlich. Ich sollte wohl lieber meine Klappe halten. Seine Augen verheißen nichts Gutes. Ich kann nicht leugnen, dass sein Blick mich einschüchtert, aber auf der anderen Seite, lasse ich so auch nicht mit mir umspringen. Schließlich bin ich keine seiner Angestellten, die vor ihm den Kopf einziehend klein beigeben. Denn so sieht er mich an. Von oben herab und seine wunderschönen blauen Augen strotzen nur so vor Macht.

„Können Sie mich jetzt bitte loslassen?“, bringe ich hervor und suche in Gedanken meinen Mut, der sich langsam von mir zu verabschieden scheint. Seine Hand gibt meine frei und ich reibe mir leicht über mein Handgelenk. Noch immer sind dort seine Spuren zu erkennen, was mich auf eine gewisse Weise total anmacht.

Reiß dich zusammen, befehle ich mir in Gedanken.

„Bevor wir fliegen muss ich noch etwas Geschäftliches erledigen“, zischt er zwischen zusammengebissenen Zähnen hervor.

„Was heißt hier wir? Sie fliegen doch nicht etwa mit?“ Meine Stimme klingt mehr als schockiert.

Statt einer Antwort nickt er nur und blickt in den Rückspiegel.

„Warum fliegen Sie mit? Was hat das alles zu bedeuten und was müssen Sie geschäftlich erledigen?“ Meine Stimme überschlägt sich beinahe. Noch immer kann ich nicht glauben, was er da eben gesagt hat.

„Himmel“, stöhnt er und fährt sich genervt durchs Haar. „Wissen Sie, langsam gehen Sie mir so was von auf den Geist.“

„Wie bitte? Sie entführen mich mitten ins Nirgendwo und halten es dann nicht einmal für angebracht mich aufzuklären? Sie sind ein ungehobelter, arroganter…“, zische ich zurück und erneut ballen sich meine Hände zu Fäusten.

Wenn das so weitergeht, brauche ich bald eine Therapie für meine Hände.

„Arsch, ich weiß. Das sagten Sie bereits. Außerdem, wer sagt denn, dass ich Sie entführe?" Jetzt sieht er mich direkt an und um seinen Mund spiegelt sich ein herablassendes Grinsen. „Glauben Sie mir, niemals würde ich Sie dafür auswählen. Ich bin heilfroh, wenn wir endlich auf dieser verfluchten Insel landen und ich Sie meinem besten Freund übergeben kann."

„Bester Freund. Ihr Freund ist der Millionär?"

„Genau. Und wenn Sie nun bitte die Gnade hätten und Ihr loses Mundwerk endlich unter Kontrolle bekommen würden, wäre ich Ihnen sehr verbunden."

Loses Mundwerk? Der Typ hat sie doch nicht mehr alle. Wenn dieser Millionär sein Kumpel ist, dann gute Nacht. Keine 24 Stunden würde ich mit zwei solch arroganten und überheblichen Männern aushalten.

Trotzig verschränke ich meine Arme und schaue demonstrativ in die andere Richtung. Wenn ich nicht auf das Geld angewiesen wäre, hätte ich David lauthals meine Meinung gegeigt. Doch nach diesen Neuigkeiten ist es wohl doch besser, den Typen, so gut es eben geht, zu ignorieren.

Eine endlose Weite von grünen Wiesen und Feldern erstreckt sich vor uns und je weiter wir fahren, desto verlassener wird die Gegend. Irgendwann verlässt David die Straße und biegt in einen unbefestigten Feldweg ein. Staub und Sand wirbeln nur so um das Auto und mir wird klar, warum er ein geländetaugliches Auto fährt. Mit einem Sportwagen hätte man auf diesem Weg hier verloren. Der Weg vor uns wird immer schmaler und langsam bin ich mir gar nicht mehr so sicher, ob er mich nicht doch irgendwo an einen Baum gekettet aussetzten will. So wie es manche Menschen mit ihren Tieren machen, wenn sie ihrer überdrüssig sind. Ich gebe mir große Mühe, mein Unbehagen nicht zum Ausdruck zu bringen.

Schließlich drosselt David das Tempo und hält schließlich auf einer kleinen Anhöhe, mitten auf einem Acker an. Auf dem Feld unter uns stehen zwei Maschinen, die ich noch nie gesehen habe. Sie bewegen sich so über den Boden, als ob sie dort irgendetwas suchen würden. Einige Männer in Arbeitskleidung wuseln um die Maschinen herum und unterhalten sich geschäftig. Als sie uns bemerken löst sich ein Mann aus der Gruppe und kommt direkt auf uns zu.

David steigt ohne auf mich zu achten, wie kann es auch anders sein, aus dem Auto und reicht dem Herrn mittleren Alters die Hand. Die beiden unterhalten sich aufgeregt und David folgt dem Arbeiter die Anhöhe hinunter.

„Super, und was mache ich?“, zische ich wütend und öffne die Autotür, um etwas frische Luft in den Wagen zu lassen.

Das Geräusch der Maschinen ist laut und hört sich an, als ob sie nach etwas bohren würden.

Langsam steige ich aus dem Wagen und schaue zu den Maschinen und David hinunter. So selbstsicher wie er dort steht, strahlt er eine enorme Anziehungskraft aus. Er sticht aus der Runde der Männer heraus, was nicht nur daran liegt, dass alle anderen Arbeitskleidung tragen, und ich kann meine Augen einfach nicht von ihm lösen. Warum muss er auch nur so verdammt gut aussehen?

Seit wann stehst du auf düstere, gefährliche Männer, höre ich meine innere Stimme mich fragen.

„Tue ich doch gar nicht“, flüstere ich leise in den Wind, der durch mein Haar weht.

Genau in diesem Moment bemerkt mich einer von Davids Männern und stiert mich an, als ob er noch nie ein weibliches Wesen gesehen hätte. Gut, vielleicht liegt es auch an meiner bunten Kleidung, in der ich mich von Minute zu Minute unwohler fühle. Vielleicht war es doch keine so gute Idee wie ein Leuchtsignal herumzurennen.

Nun bemerken mich auch die anderen Männer und David, der sich eben noch über Pläne gebeugt hat, folgt den Blicken der Männer. Unsere Augen treffen sich und die Verärgerung, die in seinen Augen funkelt, lässt keinen Zweifel an seiner Einstellung zu mir.

Was hat er erwartet? Dass ich brav im Auto sitzen bleibe und warte bis er wiederkommt? Am liebsten würde ich jetzt den kleinen Hügel hinunterlaufen und mich mit den Arbeitern unterhalten. Aber dazu sind meine Schuhe wohl nicht geeignet.

Langsam dämmert mir auch, was das für Maschinen sind. Es sind Bohrmaschinen, die nach Erdöl suchen. David ist also im Öl-Geschäft. Kein Wunder also, dass er so teure Klamotten trägt.

Langsam drehe ich mich um und nehme wieder im Auto Platz.

Es dauert gefühlte Stunden bis David sich endlich begnügt, wieder zurück zu kommen. Ich bin genervt und bin mir langsam gar nicht mehr sicher, ob wir überhaupt Montana heute noch verlassen.

Schwungvoll öffnet er die Tür und steigt ohne Probleme ein.

David angelt nach seinem Handy und wählt eine Nummer. Kurz darauf geht jemand am anderen Ende der Leitung dran.

„Wir haben es. Erdöl in rauen Mengen“, gibt David emotionslos und ohne Begrüßung an seinen Gesprächspartner weiter.

Jeder normale Mensch würde doch vor Freude jubeln und nicht wie ein Stein da sitzen und dies verkünden, als ob er eben einen 5-Dollar-Schein gefunden hätte.

Nach einer kurzen Pause sagt er dann: „Ich weiß nicht, ob ich heute noch hier weg komme… Ja, ich weiß, dass die Sendung morgen früh losgeht.“ Sein Blick huscht kurz zu mir und auch ich werde langsam hellhörig. Was soll das bedeuten? Ich muss morgen an dieser Show teilnehmen, ich brauche das Geld. Langsam steigt Panik in mir auf. Bis jetzt war das alles noch im Rahmen des Erträglichen, aber wenn ich wegen diesem Arsch nicht an der Sendung teilnehmen kann, dann hat er wirklich ein Problem.

„Kevin, das musst du mir nicht sagen… Ja, ich schaue, was sich machen lässt… Natürlich melde ich mich. Bis später“, mit diesen Worten legt er auf.

„Habe ich das richtig verstanden? Wir fliegen heute nicht?“ Ich kann ich nicht anders als nachzufragen.

„Möglich. Ich habe hier noch einiges zu erledigen und…“

„Halt, mein Lieber, das ist nicht mein Problem. Du fährst mich jetzt sofort zum Flughafen oder du lernst mich von einer ganz anderen Seite kennen.“ Jetzt geht er aber wirklich zu weit.

„Seit wann sind wir beim ‚Du' und seit wann bin ich dein ‚Lieber'?", fragt er und legt den Rückwärtsgang ein, um das Feld zu verlassen.

„Du bringst mich jetzt zum Flughafen. Ich muss heute noch da hin", gebe ich ohne eine Antwort auf seine Frage zurück und schnalle mich wieder an.

„Da scheint jemand aber sehr dringend auf das Geld angewiesen zu sein", gibt er achselzuckend zurück.

„Das geht Sie rein gar nichts an. Sie bringen einfach den Auftrag, mich zum Flughafen zu bringen, zu Ende. Was Sie danach tun, ist mir komplett egal."

Ein genervtes Stöhnen entweicht seiner Kehle.

Während der Fahrt ist David damit beschäftigt, unzählige Telefonate zu führen und langsam habe ich das Gefühl, dass er wirklich ein sehr hohes Tier in der Firma ist. Wenn nicht sogar Geschäftsführer. Ich versuche so uninteressiert zu wirken, wie es mir nur möglich ist und doch wird mir die Macht, die er besitzt und auch ausstrahlt, immer bewusster. Wenn er schon so einflussreich ist, wie wird dann wohl sein bester Freund, der wirkliche Millionär sein?

Es dämmert bereits, als wir endlich den Flughafen erreichen. Mein Magen knurrt und ich fühle mich total erschöpft. Mit zittrigen Beinen und einem Magen, der sich anfühlt als ob er ein paar Stockwerke nach unten gerutscht wäre, betrete ich neben David das Flughafengebäude.

Da er ebenfalls sein Gepäck bei sich hat, einen teuren Koffer von Prada, gehe ich davon aus, dass er es sich anders überlegt hat und wir zusammen auf die Insel fliegen.

Mit verschwommenem Blick nehme ich wahr, wie wir durch den Flughafen eilen, auf eine separate Tür zu. David gibt eine PIN ein und tritt durch die Tür, die mit einem Surren aufspringt.

Zögernd bleibe ich stehen, was hat er vor? Gehört das zu einer seiner vielen Überraschungen? Mittlerweile reicht es mir. Außerdem liegt der herrliche Duft von frischer Pizza in der Luft, der mein Hungergefühl nur noch verstärkt.

„Kommst du jetzt bitte oder willst du hier Wurzeln schlagen?“ Mit einem genervten Blick hält er mir die Tür auf, damit ich eintreten kann.

Verärgert darüber, dass er mich duzt und mir somit zu verstehen gibt, dass er noch weniger von mir hält als vorher schon, bleibe ich einfach stehen.

„Das Schild sagt, dass es in diese Richtung zum Check-in geht“, gebe ich ebenfalls genervt von mir und deute mit meinem Daumen in die entgegengesetzte Richtung.

„Wir checken aber nicht ein“, spricht er langsam aus und betont dabei jedes Wort mit enormem Nachdruck, als ob er mit einem kleinen, ungehorsamen Kind sprechen würde. Seine Finger klopfen dabei völlig entnervt von mir an die Metalltür.

„Und warum nicht?“ Langsam kann ich meine Verärgerung ihm gegenüber nicht mehr unterdrücken. Ich mag vielleicht kein goldenes Gehirn haben, aber bescheuert bin ich auch nicht.

„Gott, womit habe ich das nur verdient?“, stöhnt David und verdreht die Augen.

„Vielleicht sollten Sie ungehobelter Klotz mich einfach in Ihre bescheuerten Pläne einweihen. Ich werde mich keinen Zentimeter von hier wegbewegen, wenn Sie mir nicht endlich sagen, was das ganze Spiel hier soll." Ich gestikuliere wild mit meinen Händen, dabei spüre ich, wie meine Beine langsam vor Erschöpfung weich werden.

Vielleicht sollte ich mich lieber setzten, schießt es mir noch durch den Kopf. Die Geräusche der anderen Passagiere nehme ich nur noch am Rande war. Meine Ohren fühlen sich taub an und dann merke ich schon, wie sich alles um mich herum zu drehen beginnt und ich in ein schwarzes Loch falle.

Wärme umgibt mich, erfüllt jede Faser meines Körpers, und ich fühle mich so geborgen, wie schon lange nicht mehr. Mit einem wohligen Seufzer kuschele ich mich enger in dieses weiche, warme Gefühl. Als ob ich mitten in einer Wolke liegen würde.

Falls das ein Traum ist, lass mich nie wieder aufwachen, befehle ich meinen Gedanken, doch von weit her vernehme ich eine mir wohlbekannte Stimme. Doch was die Stimme genau sagt, kann ich nicht verstehen, sie klingt nur völlig genervt und in keiner Weise auch nur annähernd freundlich.

Zudem spüre ich einen warmen Atem, der mir über die Wange streicht.

Moment, das hier ist kein Traum und ich befinde mich auch nicht auf einer Wolke. Nein, das sind doch Muskeln und Arme, die mich festhalten.

Erschrocken öffne ich die Augen. Das Einzige, was ich sehe, ist schwarzer Stoff. Mein Blick wandert verwundert höher, zu dem warmen Atem, der mir nun über die Stirn streicht.

Dieses Kinn, dieser Dreitagebart, das alles kommt mir so bekannt vor. Langsam realisiere ich auch die starken Arme, die sich einmal um meinen Po und einmal unterhalb meiner Brust, auf dem Rippenbogen, befinden.

Langsam dämmert mir, was hier los ist und in wessen Armen ich liege.

„Oh Scheiße“, entweicht es mir.

„Das kannst du aber laut sagen. Was denkst du dir dabei, einfach mitten auf dem Flughafen zusammenzuklappen?“, prasselt eine Sintflut an scharfen Worten auf mich hinab.

„Ich… also“, stottere ich verlegen. Gott, mir ist das Ganze wirklich peinlich. Vor jedem anderen Menschen hätte mein Kreislauf zusammenklappen können, aber doch nicht vor David. Selbst ein Obdachloser mit üblem Mundgeruch wäre mir lieber gewesen.

Meine Arme und Beine fühlen sich noch immer an, als ob sie aus Wackelpudding wären und doch versuche ich, mich aus Davids Griff zu befreien.

„Das lässt du mal lieber bleiben. Auf eine weitere Verzögerung habe ich absolut keine Lust“, gibt er mit gefährlich leiser Stimme zurück und ich kann die Mitarbeiter des Flughafens sehen, die uns fragende Blicke zu werfen.

„Unsere Koffer, sollten wir die nicht…“, bringe ich leise hervor.

„Ich habe mich bereits um alles gekümmert. In wenigen Sekunden steigen wir in das Flugzeug und dann wirst du als allererstes etwas essen. Ich dulde keinen Widerspruch“, gibt er in einem Ton von sich, der selbst den größten Hund den Schwanz hätte einziehen lassen. Mal abgesehen davon, dass ich gar nicht widersprechen will. Hätte der Idiot mich nicht stundenlang durch die Pampa gefahren, hätte ich schon längst etwas gegessen. Also ist das hier nicht meine Schuld.

Ich spüre, wie David ein paar Stufen hinaufsteigt, und dann befinden wir uns schon mitten in einem Flugzeug. Oder sollte ich eher sagen Privatjet?

Er lässt mich auf einen weichen Sessel hinunter. Dabei berühren sich unsere Wangen für einen kurzen Moment und das leichte Kratzen seines Bartes hinterlässt einen warmen Schauer auf meiner Haut. Selbst jetzt, im Sessel sitzend, schreit jede Faser meines Körpers verdächtig nach Davids warmen Armen.

Himmel, mein leerer Magen spielt meinem Gehirn Streiche, denke ich mir und schließe für einen kurzen Moment die Augen.

David verlässt den Raum und gibt einem Crewmitglied Anweisungen, die ich nur am Rande mitbekomme.

Als ich seine Stimme nicht mehr höre, öffne ich die Augen und sehe mich neugierig um.

Ich sitze auf einem schwarzen Ledersessel, der sehr bequem ist. Im Raum befinden sich vier von diesen Sesseln, dazu noch ein großer Plasmafernseher, eine Minibar und zwei kleine Tische. Die Maschine ist so luxuriös ausgestattet, dass ich bezweifle, dass die anderen Mädchen mit derselben Maschine geflogen sind. Was ja gar nicht möglich ist, da sie nur Platz für vier Passagiere bietet. Vor mir befindet sich die Tür, durch die David verschwunden ist, und am anderen Ende des Raumes eine weitere. Gerade als ich aufstehen will um nachzusehen, ob sich dort vielleicht eine Toilette befindet, kommt David zurück.

Mit misstrauischem Blick sieht er mich an und ich falle sofort wieder auf meinen Sessel zurück.

„Suchst du etwas?“, will er wissen und doch scheint er keinerlei Interesse zu haben.

„Ich sollte wohl mal für kleine Mädchen“, gebe ich zu und deute auf die Tür, aus der er eben gekommen ist.

„Andere Tür.“ David macht eine Kopfbewegung zu der anderen Tür hin und fügt dann noch hinzu: „Durch das Schlafzimmer durch und dann die erste Tür rechts. Muss ich dich begleiten oder schaffst du das alleine?“

„Danke der Nachfrage, aber das bekomme ich gerade noch so alleine hin“, gebe ich schnippisch zurück und steuere auf die Tür zu. Das fehlte noch, dass Mr. Superarrogant mich auf die Toilette bringt.

Langsam schlendere ich durch das Schlafzimmer und betrachte das große Doppelbett, das sich dort befindet. Es sieht unheimlich bequem aus und am liebsten würde ich mich auf der Stelle in die weichen Kissen sinken lassen. Schnell schiebe ich den Gedanken beiseite und eile auf die Toilette. Nicht, dass David noch auf die Idee kommt, dort nach mir zu gucken.

Selbst das kleine Bad strotzt nur so vor Luxus. Die Armaturen sehen aus, als seien sie aus reinem Gold. Langsam streiche ich über die Handtücher. Selbst diese fühlen sich an, als seien sie aus Kaschmir. Auf einem Schränkchen stehen Erfrischungstücher bereit. Nachdem ich meine Blase entleert habe, wasche ich meine Hände mit der herrlich duftenden Seife und teste die nach Pfirsich riechende Handcreme.

Kurz darauf gehe ich wieder zurück und bleibe für einen kurzen Moment im Türrahmen stehen und beobachte David, der neben meinem Sessel hockt und an der Musikanlage herumfummelt.

Warum muss er auch nur so ein Arsch sein, sein Aussehen ist einfach der Hammer. David hat sich mittlerweile von seinem Jackett befreit und ich kann die Muskeln, die sich unter seinem weißen Hemd abzeichnen, deutlich erkennen. Auch seine Krawatte hat er abgelegt.

„Mr. Brandon, wir starten in wenigen Minuten." Ein Mitarbeiter kommt durch die andere Tür und nickt David unterwürfig zu.

„Danke sehr, Tom. Wir nehmen unsere Plätze ein", gibt David zurück und der Mann verschwindet wieder.

Eilig durchquere ich den Raum und setze mich zurück auf meinen Sessel, um den Sicherheitsgurt anzulegen. David scheint die richtige Musik gefunden zu haben und auch er nimmt neben mir Platz. Wie immer würdigt er mich keines Blickes und leise klingt Klaviermusik durch den Raum. Lässig legt er sich den Sicherheitsgurt um und krempelt seine Hemdsärmel nach oben, so dass ich einen Blick auf seine mit schwarzen Härchen bedeckten, muskulösen Unterarme werfen kann.

Ich merke, wie sich das Flugzeug sich in Bewegung setzt, und kann durch das Fenster erkennen, dass wir auf die Startbahn zurollen. Mir ist leicht mulmig. Ich bin kein großer Fan vom Fliegen und noch nie mit einer so winzigen Maschine geflogen. Bestimmt spürt man hier jedes Luftloch, den Start und auch die Ladung um ein Vielfaches heftiger.

Meine Hände krallen sich in die Armlehnen des Ledersessels. Mit geschlossenen Augen lehne ich mich zurück. Mein Atem geht flach und ich versuche, mir wirklich nicht anmerken zu lassen, dass ich Angst habe.

„Noch nie geflogen?“, will David neben mir wissen.

„Doch, aber noch nie in einer so kleinen Maschine“, bringe ich hervor und spüre, wie mir heiß wird.

„Hektor ist ein erstklassiger Pilot.“ Komisch, seine Worte beruhigen mich nicht annähernd.

„Anisha, du brauchst wirklich keine Angst zu haben.“ Zum ersten Mal spricht er meinen Namen aus und ich gebe zu, für einen kurzen Moment bin ich wirklich abgelenkt. David betont meinen Namen auf eine seltsame, verführerische Art und plötzlich bin ich mir gar nicht mehr so sicher, ob die Hitze, die durch meinen Körper läuft, von der Aufregung vorm Flug oder von dem Mann neben mir kommt.

Verwundert über seine Feinfühligkeit blicke ich zu ihm hinüber und für einen kurzen Moment sehen wir uns in die Augen. Dieses Mal liegt weder Spott noch Arroganz in seinen Augen und aus welchem Grund auch immer fängt mein Herz an, eine Spur schneller zu schlagen.

„Danke“, bringe ich kaum hörbar über die Lippen.

David nickt kurz und dann ist dieser seltsame Moment auch schon wieder vorbei. Zu meinem Erstaunen befinden wir uns in der Luft und ich muss sagen, der Start ist weitaus angenehmer als erwartet gewesen.

Gerade als ich über das eben Geschehene nachdenken will, wird auch schon die Tür zur Bordküche geöffnet und Tom bringt zwei Tabletts herein.

Essen, schießt es mir durch den Kopf und mein Magen macht einen kleinen Freudentanz.

Tom stellt mit einem freundlichen Lächeln das Tablett vor meiner Nase ab und der verlockende Duft von Lasagne kriecht in meine Nase.

Kaum hat Tom den Raum wieder verlassen, stürze ich auch schon auf das Essen und verbrenne mir dabei vor lauter Ungeduld die Zungenspitze. Aber das ist mir egal, Hauptsache, mein Magen beruhigt sich endlich wieder.

Nach zwanzig Minuten lehne ich mich, gesättigt und ohne auch nur einen Tropfen Soße übrig gelassen zu haben, zurück und halte mir meinen nun vollen Bauch.

David wirft mir einen kurzen Blick zu und antwortet: „Du scheinst ja einen gesunden Appetit zu haben."

Wie bitte? Mit zusammengekniffenen Augen schaue ich zu ihm hinüber. „Soll das etwa eine Beleidigung oder eine Anspielung auf meine Figur sein?"

David wischt sich mit der Serviette den Mund ab und legt sie dann zusammengefaltet wieder auf das Tablett. „Nein, mich wundert es nur. Die Frauen, mit denen ich normalerweise Kontakt habe, sind sehr auf ihre Figur bedacht."

„Ich bin nicht wie die Frauen, die Sie vielleicht kennen", gebe ich unfreundlich zurück.

Zum ersten Mal höre ich, dass ich zu fett bin. Gut, ich mag keine 90-60-90 Maße haben, aber immerhin bin ich gesund und nicht so abgemagert und ausgezerrt wie diese Modepüppchen, die man auf Werbeplakaten sieht.

„Nein, da hast du einmal Recht. So jemand wie du ist mir wirklich noch nie untergekommen", gibt er leicht ironisch zurück und kratzt sich an seinem Kinn.

„Falls das schon wieder eine Beleidigung sein soll, dann sparen Sie sich weitere bitte für morgen auf. Für heute reicht es mir.“ Mit angezogenen Knien kuschele ich mich in den Sessel und schließe die Augen.

„Willst du etwa hier schlafen? Im Schlafzimmer ist genug Platz für uns beide.“ Es hört sich nicht wie eine Frage an.

„Ich werde sicher nicht mit Ihnen in einem Bett schlafen, Mr. Brandon“, gebe ich erschöpft zurück.

„Wie du willst. Aber beschwer dich morgen früh nicht bei mir, wenn du mit einem steifen Genick aufwachst.“

Ich höre David aufstehen und aus dem Zimmer gehen. Kurz darauf falle ich in einen tiefen, traumlosen Schlaf.

Kapitel 5

Mit einem unbeschreiblichen Schmerz in meinem Nacken wache ich auf. Mein Genick fühlt sich an, als ob ein Teil fehlen würde. Suchend taste ich mit meiner Hand meine Halswirbelsäule ab. Alles noch da.

Langsam strecke ich mich und spüre, dass nicht nur mein Nacken vom gestrigen Schlaf in Mitleidenschaft gezogen wurde. Ich habe das Gefühl, als ob jeder Muskel in meinem Körper verspannt ist. Mist, David hat Recht behalten. Meine Schlafposition ist wohl wirklich nicht die beste gewesen, aber immer noch besser, als mich wieder von ihm beleidigen zu lassen.

„Auch schon wach? Wir landen in zwanzig Minuten. Falls du vorher noch mal ins Bad möchtest, wäre jetzt die beste Gelegenheit“, höre ich Davids Stimme. Er lehnt lässig am Türrahmen und nestelt an seinem T-Shirt herum.

Verschlafen schaue ich zu ihm rüber, nur um feststellen zu müssen, dass er verdammt gut aussieht. Keine Spur von Müdigkeit und die dunkle Jeans sitzt auf seinen Hüften wie eine Eins. Leider muss ich zugeben, dass er in normalen Klamotten noch genau so heiß aussieht wie in seinem Anzug.

„Morgen“, brumme ich zurück und versuche, so gut es geht, mich aus dem Sessel hochzuziehen ohne ein allzu schmerzverzerrtes Gesicht zu machen.

Jeder Muskel in meinem Körper rebelliert gegen die Bewegung und doch gehe ich einfach an David vorbei ins Badezimmer. Bevor ich das Bad betrete, schnappe ich mir noch schnell meine Handtasche, um mich wenigstens ein bisschen frisch machen zu können. Auch wenn ich im Moment nicht an meinen Koffer komme, um mich umzuziehen, kann ich mir wenigstens die Haare bürsten und mich ein wenig schminken.

Zehn Minuten später bin ich fertig und nehme neben David auf dem Sessel Platz, um noch schnell eine Kleinigkeit zu frühstücken. David liest schweigend in einer Zeitung und ich genieße mein Toastbrot. Die Sonne geht gerade auf und außer dem Meer und ein paar kleinen Punkten kann ich nicht viel erkennen. Die Landung verläuft genauso problemlos wie der Start und als die kleine Maschine schließlich auf der Landebahn aufsetzt, bin ich doch beruhigt.

David faltet seine Zeitung zusammen und steht auf. Endlich sind wir da. Mein Abenteuer, solange wie möglich in dieser Show zu bleiben, kann beginnen.

Das Erste, was ich beim Aussteigen aus dem Flugzeug spüre, ist die Hitze, die mir entgegen kommt.

„Puh“, gebe ich keuchend von mir und fächere mir mit meiner freien Hand Luft zu. Ich fühle mich, als ob ich in einem Backofen stecken würde. Binnen weniger Minuten sind sowohl meine Jeans als auch mein Shirt nass geschwitzt. Unangenehm klebt der Stoff auf meiner Haut. Kleine Schweißperlen sammeln sich auf meiner Stirn und in meinem Nacken. Was würde ich jetzt dafür geben, eines meiner neu gekauften Sommerkleider zu tragen.

David scheint die Hitze nichts auszumachen. Im Gegenteil, lässig setzt er seine Sonnenbrille auf und schlendert die Treppe hinunter.

Langsam folge ich ihm, dabei achte ich genau darauf, auch jede einzelne Stufe zu erwischen. Nicht auszudenken, wenn ich jetzt noch hier runterfallen würde. Dann habe ich endlich wieder festen Boden unter den Füßen. David befindet sich bereits auf dem Weg zum Ausgang, ohne auf mich zu warten. Der Typ ist wirklich ein ungehobelter Klotz, aber darüber mache ich mir jetzt besser keine Gedanken. In wenigen Minuten werde ich endlich den Millionär kennenlernen und dann werde ich David sicher aus meinen Gedanken bekommen.

Als ich ebenfalls das winzige, klimatisierte Flughafengebäude betrete, wartet David bereits mit unserem Gepäck auf mich. Außer uns kann ich keine weiteren Fluggäste erkennen. Außer einer Frau, die geschäftig den hässlichen moosgrünen Boden wischt, befindet sich kein Mensch in der Ankunftshalle. Ich schnappe mir meinen Koffer, der neben Davids sauberem Gepäck aussieht, als ob er bei der Landung aus dem Gepäckfach geschleudert worden wäre. Die Ähnlichkeit zwischen meinem Koffer und mir ist frappierend. Denn genau so wie mein Koffer aussieht, fühle ich mich. Sobald ich das Hotel erreiche, werde ich mir erst einmal eine Dusche gönnen.

„Können wir?" Mit diesen Worten marschiert David aus dem Flughafen und mir bleibt nichts anderes übrig, als ihm zu folgen. Ein Taxi wartet vor dem Gebäude auf uns und kaum hat der Fahrer uns entdeckt, schnappt er sich auch schon die Koffer und verstaut sie im Kofferraum.

Dabei wirft mir der Fahrer einen neugierigen Blick zu und lässt mich, während er meinen Koffer verstaut, keine Sekunde aus den Augen. Der Blick, den er mir zuwirft, ist mehr als unangenehm und als er mir dann noch ein anzügliches Grinsen zuwirft, ist es vorbei. Schnell husche ich zu David auf den Rücksitz, froh, nicht alleine mit dem Fahrer zu sein.

Während der Fahrt, starre ich aus dem Fenster, aber nicht um die Landschaft zu genießen, das ist gar nicht möglich, denn der Fahrer schaut mehr in den Rückspiegel, als auf die Straße. Von Minute zu Minute fühle ich mich unwohler. Selbst David scheint die Blicke des Fahrers zu bemerken. Plötzlich spricht er den Fahrer mit gefährlich kalter Stimme an. Allerdings verstehe ich nicht, was er zu ihm sagt, da ich die Sprache weder kenne noch verstehe. Jedenfalls hat der Taxifahrer ab diesem Moment nur noch Augen für die Straße.

Insgeheim bin ich David sehr dankbar für sein Eingreifen und doch will ich mich nicht bei ihm bedanken.

Gefühlte Stunden später sind wir da und ohne auf die verfaulten, stummeligen Zähne des Fahrers zu achten, schnappe ich mir meinen Koffer aus seinen Händen und eile auf die Eingangstür des Hotels zu.

Die kalte Luft der Klimaanlage empfängt mich und ich wünsche mir nur noch, endlich aus meinen verschwitzen Klamotten rauszukommen.

„Mr. Brandon, es tut uns unendlich leid, dass wir Sie mit dem Missgeschick beauftragen mussten“, vernehme ich eine mir wohlbekannte Stimme. Abby kommt durch die Lobby auf uns zu und eilt an mir vorbei zu David.

Missgeschick? Diese blöde Kuh ist schuld daran und hält es nicht einmal für nötig, sich bei mir zu entschuldigen. David begrüßt Abby genau so kühl, wie er es wohl bei jedem tut: „Sie sollten besser auf Ihre Teilnehmerinnen achten.“

Abby verzieht ihr perfekt geschminktes Gesicht zu einer Grimasse und ich kann nicht leugnen, dass mich die Rüge insgeheim freut.

„Natürlich, Mr. Brandon. Die Suite Nummer 111 ist für Sie reserviert.“ Dann kommt sie doch wirklich zu mir, reicht mir eine Karte und sagt: „Zimmer Nummer 88. Sie teilen sich das Zimmer mit Peggy.“

Über Abbys Schulter hinweg sehe ich, wie David in einen Aufzug steigt und verschwindet.

„Danke.“ Ich schnappe mir die Karte und ziehe meinen Koffer über den hellen Marmorboden zu den Aufzügen, um ebenfalls in mein Zimmer zu gelangen.

In meinem Stockwerk angekommen, schlendere ich durch den hell erleuchteten Glasgang und genehmige mir immer wieder einen Blick auf den mit Palmen umgebenen Pool. Einige Gäste haben sich bereits um ihn herum versammelt und auch am angrenzenden Strand kann man winzige Punkte von Menschen erkennen.

Vor meiner Zimmertür bleibe ich stehen und hoffe, dass Peggy nett sein wird. So kann diese bescheuerte Idee vielleicht doch noch zu was Gutem werden.

Ich öffne die Tür und trete in das geräumige Zimmer ein. Auf dem großen Doppelbett sitzt eine junge Frau, kaum älter als ich, und sieht mich neugierig, ja fast aufgeregt, an.

„Hi, ich bin Anisha. Aber alle nennen mich Ani. Bist du Peggy, meine Mitbewohnerin?“ Langsam schließe ich die Tür hinter mir.

„Hi. Ja, die bin ich“, kommt es leise von der zierlichen Person auf dem Bett.

Peggy hat langes, haselnussbraunes Haar und auch ihre Augen haben diese Farbe. Auf ihrer spitzen kleinen Nase sitzt eine Brille.

„Das Zimmer ist schön“, sage ich, um die Stille zu durchbrechen, die aufzukommen scheint.

„Ja, das stimmt.“

„Wie sind denn die anderen Mädchen so?“

„Schwer zu sagen.“

Mehr sagt sie nicht? Na, das kann ja heiter werden. Doch vielleicht braucht Peggy auch einfach nur bisschen Zeit, um sich an mich zu gewöhnen. Oder ist sie sauer, dass ich jetzt erst komme?

„Weißt du, ab wann die ganze Show hier losgeht?“, versuche ich es erneut.

„Ja. In einer Stunde treffen wir uns unten in der Hotelbar. Dann wird uns das Kamerateam vorgestellt und heute Abend lernen wir den Millionär kennen. Ich bin schon ganz aufgeregt.“ Peggy wirkt etwas entspannter, auch wenn ich ihr gerne glaube, dass sie auf ihn genauso neugierig ist, wie ich es bin.

„Ok, dann werde ich schnell duschen. Der Flug ist anstrengend gewesen und ich rieche nicht besonders angenehm.“ Ich deute auf das Bett: „Welches ist meine Seite?“

„Ganz egal. Ich dachte, du magst dir eine Seite aussuchen.“

„Das ist lieb von dir, aber du warst als erstes da und ich schlafe überall gut." Was nicht ganz stimmt, aber das muss Peggy ja nicht wissen.

Ich beschließe einfach die Seite zu nehmen, auf der Peggy nicht sitzt und hieve meinen Koffer aufs Bett um frische Kleidung herauszunehmen.

Zusammen mit Peggy betrete ich die Hotelbar. Kaum, das uns die anderen Mädchen entdecken, breitet sich Schweigen im Raum aus. Bis eben noch wurde wild durcheinander gesprochen und jetzt beschleicht mich das Gefühl, als ob alle Augen auf mich gerichtet sind.

Ich bin keine Person, die gern im Mittelpunkt steht und schon gar nicht, wenn man von anderen Mädchen von oben bis unten gemustert wird.

„Bist du die Neue?", kommt es von einer Blondine, die mehr Busen als alles andere zu haben scheint.

„Hi. Sozusagen. Ich bin Anisha. Aber nennt mich doch Ani", stelle ich mich vor und hebe meine Hand zum Gruß.

„Doreen", kommt es von der Blonden, die mich mit ihrem perfekt geschminkten Gesicht noch einmal kurz begutachtet.

Auch die anderen Mädchen stellen sich vor. Neben Peggy nehme ich auf einem der weißen Ledersofas Platz und blicke neugierig in die Runde. Alle Mädchen sind überaus hübsch und ich bezweifele nicht, dass mindestens jedes zweite im Modelbereich tätig ist oder einer ähnlichen Arbeit nachgeht. Was sich nicht nur aus der Größe und den Figuren der anderen schließen lässt. Jedes der Mädchen ist von Kopf bis Fuß perfekt durchgestylt. Um heute Abend überhaupt den Hauch einer Chance zu haben, muss ich mich wirklich ins Zeug legen. Nur gut, dass Katy mich noch mit neuen Klamotten eingedeckt hat. Sonst könnte ich wohl auf der Stelle das Hotel verlassen.

In den zehn Minuten, die wir auf das Fernsehteam warten, wird mehr und mehr klar, dass Doreen das Zepter in der Mädelsrunde übernommen hat. Wenn sie spricht, schweigen die anderen zum größten Teil. Außerdem macht sie mehr als deutlich klar, dass sie nur auf Männer steht, die viel Geld auf ihrem Konto haben.

Erleichtert atme ich aus, als endlich das Fernsehteam kommt.

„Meine Damen!“ Begeistert klatscht ein älterer Herr mit Glatzkopf und einem goldenen Ring am kleinen Finger in die Hände. „Darf ich um Ruhe bitten. Nun, da wir alle vollzählig sind, ihr eure Verträge durchgelesen und unterschrieben zurückgegeben habt, kann es losgehen.“

Der Glatzkopf deutet mit seinen rundlichen Fingern auf den schwarzen Plasmabildschirm in der Bar: „Eure Aufgabe ist es, die Menschen da draußen vor dem Fernsehbildschirm zu unterhalten. Also nutzt nicht nur die Chance, euch einen reichen Mann zu angeln, sondern auch die, eure Karriere anzukurbeln.“

Wie aufs Kommando klatschen die Hirnis von Mädchen in die Hände und gackern wie wilde Hühner. Mir ist dabei nicht ganz klar, was sie so in Begeisterung versetzt. Um nicht als Spielverderberin dazustehen, klatsche ich ebenfalls, wenn auch ziemlich träge, in die Hände.

„Nun, meine Damen, darf ich euch nach draußen bitten? Dort wartet eine Überraschung auf euch“, meint der Glatzkopf und im selben Augenblick schwirren die ersten Kameras herein.

Fragend blicke ich in Peggys Gesicht, die mir mit einem Schulterzucken zu verstehen gibt, dass sie keine Ahnung hat, was als nächstes kommt. Zögernd erhebe ich mich und folge den anderen Mädchen, die bereits nach draußen gestürmt sind.

Draußen ist es warm, um nicht zu sagen, heiß. Als Letzte stelle ich mich in die Reihe der jungen Frauen und komme mir wie ein Pferd vor, das zum Verkauf steht.

„Meine Damen, darf ich vorstellen: Euer Märchenprinz Kevin mit seinem besten Freund David, der ihm bei der Suche nach der Prinzessin behilflich sein wird“, vernehme ich ganz am Rande die Stimme das Glatzkopfes. Die Mädchen beginnen zu kreischen und klatschen wieder begeistert in die Hände, als ein feuerroter Lamborghini um die Ecke biegt. Unfähig mich zu rühren, starre ich auf das Auto, das in sicherem Abstand vor uns hält. Dabei schießt mir nur ein Gedanke durch den Kopf: David wird zwei Wochen hier mit uns auf der Insel sein?

Das Gekreische wird noch wilder, als ein Heath-Ledger-Verschnitt aus dem Auto steigt.

„Meine Damen, darf ich vorstellen: Kevin, der Millionär!“ Der Glatzkopf muss beinahe gegen den Lärm der anderen Mädchen anbrüllen.

„Scheiße, sieht der gut aus“, höre ich Peggy leise neben mir flüstern.

Wenn man auf Milchbubis steht, schießt es mir durch den Kopf, sage aber nichts dazu, sondern mustere die Gestalt, die nun neben Kevin steht. David.

Ich kann nicht leugnen, dass Kevin mit seinem warmen, strahlenden Lächeln, den dunkelblonden Locken und blauen Augen wirklich gut aussieht, beinahe wie ein Engel. Im Gegensatz zu David, der mit seiner düsteren, finsteren Mine aussieht wie der Teufel höchstpersönlich.

„Wow, Kevins bester Freund ist aber auch ein Schnuckel“, kann ich das Flüstern einer der Teilnehmerinnen vernehmen.

Wenn ihr wüsstet, schießt es mir durch den Kopf.

„Ja, aber schau dir nur diesen Kevin an. Ein wahrer Traumprinz. Wenn ich das gewusst hätte, dann hätte ich mich besser angezogen.“

„Ziemlich fies von der Show, uns zu sagen, wir lernen ihn erst heute Abend kennen und jetzt stehen wir schlampig vor ihnen“, sagt eine andere.

Während Kevin ein Mädchen nach dem anderen begrüßt, steht David wie zur Salzsäule erstarrt daneben.

Als mein Name aufgerufen wird, trete ich vor und begrüße Kevin, ebenso wie die anderen Mädchen vor mir, mit zwei Wangenküsschen.

„Ah, du bist also das Mädchen, das das Vergnügen gehabt hat, David auf dem Weg hierher zu begleiten.“ Kevin schenkt mir ein strahlendes Lächeln und um seine blauen Augen bilden sich zwei kleine Lachfältchen.

Kurz blicke ich zu David, der einen Schritt hinter Kevin steht und mich ansieht, als ob ich eine lästige Fliege oder etwas in dieser Art wäre.

„Als ein Vergnügen würde ich es nicht bezeichnen. Dein Freund ist ein ziemlich ungehobelter Reisebegleiter“, platze ich heraus und schenke David einen ebenso kühlen Blick.

Davids Unterkiefer schiebt sich leicht zur Seite und ich kann sehen, dass er meine Aussage alles andere als lustig findet. Ganz im Gegensatz zu Kevin. Kevins Grinsen wird noch breiter und er wirft einen amüsierten Blick zu David, der vor sich hinbrodelt.

„Na David, was sagst du dazu?“

„Glaub mir, Kevin, es gibt weitaus angenehmere, und wie soll ich sagen, unkompliziertere Reisebegleiterinnen als diese Dame vor dir“, erwidert David kühl und sachlich, dabei sieht er an mir vorbei, zu den hinter mir stehenden Mädchen.

„Wenn du das sagst.“ Kevin nickt mir zu und mit vor Wut pochendem Herzen gehe ich zurück zu den anderen Mädchen. Erst jetzt bemerke ich, dass das Kamerateam unser Gespräch aufgezeichnet hat und ich kann nur hoffen, dass sie die Szene herausschneiden.

Was, wenn ich schon heute wieder heimfahren muss, nur, weil David mich nicht leiden kann und Kevin von mir abrät? Das Geld, das ich im Moment durch die Show verdient habe, reicht nicht einmal, um die nächste Arztrechnung bezahlen zu können.

Mir bleibt wohl nichts anderes übrig, als David zu ertragen und mich so gut wie möglich mit ihm stellen. Ich kann es mir einfach nicht leisten, die Show schon jetzt verlassen zu müssen. Ich brauche das Geld!

Kapitel 6

Der Abend bricht langsam herein, ich stehe vor dem Spiegel in meinem Zimmer und betrachte mich. Das hellrote Kleid, das ich trage, passt sich wirklich perfekt meinem Körper an. Auch wenn das knielange Kleid ziemlich schlicht ist, ist es doch gut geeignet für das erste gemeinsame Abendessen mit Kevin und auch David.

Je näher das Abendessen rückt, desto unbehaglicher wird mir.

Vielleicht liegt es auch daran, dass Peggy wie ein aufgescheuchtes Huhn in unserem Zimmer herumrennt und nun schon das dritte Kleid anprobiert. Bei jedem Kleid fragt sie mich, wie ich es finde und wie bei den anderen beiden davor antworte ich: „Du siehst toll darin aus!"

„Aber gegen die anderen Mädchen habe ich doch keine Chance. Kevin hat mit mir am wenigsten gesprochen." Peggy nestelt an ihrem Kleid herum und wirft sich kritische Blicke in den Spiegel zu.

„Ach was. Bestimmt war er genauso aufgeregt. Stell dir vor, dir werden zehn Männer vor die Nase gesetzt. Du wärst doch genauso nervös." Ich bürste mein Haar so lange, bis es mir glänzend auf den Schultern liegen bleibt.

Peggy nimmt auf dem Bett Platz und flüstert: „Das hoffe ich."

„Jetzt lass uns erst mal runter in den Garten gehen und das Abendessen genießen. Wer weiß, wie es später aussieht", versuche ich ihr sowie mir Mut zu machen.

Langsam schlendern wir durch das Hotel in Richtung Garten, wo das Abendessen stattfinden soll. Eine warme Brise begrüßt uns kaum dass wir draußen sind und ich bin froh, dass es etwas abgekühlt hat. Der Mittag war doch recht heiß und mein Kreislauf muss sich erst an die Hitze gewöhnen. Der Garten ist mit bunten Lampen geschmückt, die eine gemütliche Atmosphäre verbreiten.

Die anderen Mädchen sind bereits da, sie haben sich allesamt in Schale geworfen. Peggy und ich mischen uns unter sie und unterhalten uns. Gesprächsthema ist natürlich Kevin.

„Ich muss ehrlich sagen, mein Typ ist er nicht. Aber Geld wiegt ja bekanntlich einiges auf", gibt ein Mädchen, ich glaube, sie heißt Megan, von sich und wickelt sich eine ihrer roten Locken um den Finger. In der anderen Hand hält sie ihr fast leeres Weinglas.

Es folgen weitere Anmerkungen der anderen Mädchen. Mir wird das Ganze zu blöd. Ich kann mich nicht stundenlang über Kevin, Mode, Schminke und solche Sachen unterhalten. Das ist einfach nicht meine Welt. Gerade als ich mich davonschleichen will, tauchen Kevin und David in ihren Smokings auf.

„Guten Abend, meine Damen. In einer guten halben Stunde wird das Abendessen serviert und bis dahin, möchte ich euch gerne näher kennenlernen. Ich hoffe, wir verbringen einen schönen Abend zusammen." Kevin reibt die Hände aneinander und gesellt sich zu den Damen.

Von der Theke mit Getränken aus beobachte ich das Ganze. Es ist wirklich erschreckend, wie sich die Mädchen um Kevin tummeln und mit ihren Reizen versuchen, ihn um den Finger zu wickeln. Umso länger ich hier stehe und das alles beobachte, umso klarer wird mir, dass ich einen wirklich guten Plan brauche, um gegen die anderen bestehen zu können.

„Hat sie nicht vorhin gesagt, sie findet Kevin nicht attraktiv?“, kommt es leise zischend von Peggy, die neben mir stehen bleibt und mit ihrem Kopf auf Megan deutet.

Megan hat ihre Hand auf Kevins Schulter gelegt und strahlt ihn an, als ob er der tollste Mann im ganzen Universum wäre.

„Hat sie. Der arme Kerl. Irgendwie sieht er leicht überfordert aus“, gebe ich zu.

Kurz darauf wird auch schon das Essen auf der langen Tafel serviert und jedes Mädchen kämpft darum, einen Platz an Kevins Seite zu ergattern. Peggy und ich nehmen den Platz, der am Weitesten von Kevin entfernt liegt und befinden uns somit in Davids Nähe.

Auf dem weiß eingedeckten Tisch stehen kleine Gläser mit Windlichtern und Gestecke mit weißen Rosen. Nun werden die verschiedensten Platten aufgetragen, voll mit Speisen, die ich noch nie zuvor gesehen, geschweige denn gekostet habe. Fisch in alle möglichen Variationen, Gemüsespieße und Reis, der Duft von Kokos liegt in der Luft.

Zögernd fülle ich meinen Teller, dabei achte ich darauf, David nicht ansehen zu müssen, der mir schräg gegenüber sitzt. Auch nur eine seiner spitzen Bemerkungen ertrage ich im Moment wirklich nicht. Aber dieser ist so damit beschäftigt, böse zu gucken und sich von Jenny, die neben ihm sitzt, über Kevin ausquetschten zu lassen, dass er nicht bemerkt, wie ich mein Essen ganz genau in Augenschein nehme.

Nach dem Essen, das besser geschmeckt hat als ich erwartet habe, wird die Musik aufgedreht und laute Klänge dringen durch die Nacht. Ein paar Mädchen beginnen zu tanzen und ich nehme auf einer kleinen weißen Bank etwas Abseits vom Geschehen unter einer Palme Platz. Peggy hat sich näher an Kevin heran getraut und steht jetzt, in einer Traube von Mädchen, bei ihm und unterhält sich mit ihm.

Am liebsten würde ich jetzt runter zum Meer laufen und meine Füße in das kalte Wasser stecken. Vielleicht ist es auch gar nicht kalt. Der Wind weht mir leicht um die Nase und ich blicke hoch zum Himmel in die sternenklare Nacht.

Wenn doch nur meine Mum wieder zurückkommen könnte, huscht mir der Gedanke durch den Kopf und schnell schlucke ich den aufsteigenden Kloß in meinem Hals wieder hinunter. Ich vermisse sie. Mit jedem Tag, mit jeder Stunde, ja, mit jeder Minute. Seit sie weg ist, ist mein Leben so viel härter geworden. Ich sehne mich nach ihren aufmunterten Worten, ihren Armen, die mich immer, wenn ich traurig war, umfingen.

„Nicht auf Beutejagd?“, klingt es düster neben mir und erschrocken fahre ich zusammen. Ich habe gar nicht bemerkt, wie sich jemand neben mich gestellt hat.

Mein Kopf schnellt zur Seite, wo David steht und sich nun neben mir auf der Bank niederlässt.

„Was willst du denn hier?“, bringe ich nicht gerade freundlich hervor.

„Na, immerhin sind wir nicht mehr beim Sie“, gibt er ebenso kühl zurück.

Mist, habe ich mir nicht vorgenommen, etwas freundlicher zu David zu sein?

„Na ja, wenn sich hier alle duzen“, gebe ich etwas sanfter zurück.

Das Lachen der anderen Mädchen klingt durch die Nacht zu uns herüber und mir wird wieder bewusst, weswegen ich hier sitze.

Zwischen David und mir herrscht Stille und irgendwie ist es schön. Er scheint genauso seinen Gedanken nachzuhängen wie ich.

Mein Blick gleitet wieder zum Himmel und ich frage mich, ob meine Mum mich von da oben sehen kann. Ob das Leben im Himmel wohl weiter geht? Ob sie auf mich warten wird, wenn meine Zeit gekommen ist?

Unauffällig wische ich mir eine Träne, die sich in meinen Augenwinkel geschlichen hat weg. In der Hoffnung, dass David es nicht bemerkt hat, schaue ich zu ihm hinüber. Dieser starrt geradeaus in die Dunkelheit und sein Gesicht wird von einem finsteren Ausdruck beherrscht. Ich werde den Gedanken nicht los, dass David ebenfalls ein Geheimnis hütet und auf eine seltsame Weise bin ich angetrieben, herauszubekommen, worin dieses Geheimnis liegt. „Seit wann kennst du Kevin?“, frage ich leise und blicke zu den Umrissen der tanzenden Mädchen, die vom Mond erhellt werden.

„Seit meiner Kindheit. Unsere Eltern sind befreundet“, gibt er knapp zurück und es hört sich so an, als ob ihm die Frage heute nicht zum ersten Mal gestellt wurde.

„Bist du bei ihm angestellt?“, versuche ich weiter das Gespräch, das schon wieder zu stocken beginnt, in Gang zu halten. David seufzt genervt auf: „Hör mal, wenn du etwas über Kevin erfahren willst, dann frag ihn doch einfach selbst.“

„Was ist nur dein Problem…“

„Lassen wir den Smalltalk und kommen gleich zum Punkt. Mein Problem ist, dass ich absolut keine Lust habe, ein gutes Wort für dich bei Kevin einzulegen.“

Entrüstet springe ich von der Bank auf. „Falls du es vergessen hast, du warst es, der sich zu mir gesetzt hast. Also komm mir jetzt…“

„Und tu du nicht so, als ob du ernsthaft an ihm interessiert bist. Du bist doch auch nur hinter seinem Geld her.“ David ist ebenfalls aufgesprungen und steht mir jetzt genau gegenüber. Seine Augen funkeln mich angriffslustig an. „Soll ich dir auch über seinen Kontostand Auskunft geben?"

Drohend schaut David auf mich hinunter und auch trotz meiner hohen Absätze reiche ich ihm nicht einmal bis zur Schulter.

„Pah, das muss ich mir wirklich nicht anhören. Kehr du lieber mal vor deinen eigenen Tür, bevor du mich verurteilst“, zische ich ihn an, meine Hände in die Hüften gestemmt.

David kommt bedrohlich und gefährlich einen Schritt auf mich zu. Er sieht noch wütender aus als vorher, wenn das überhaupt möglich ist.

Davids Gestalt schüchtert mich ein, auch wenn ich es nicht zugeben möchte. Automatisch trete ich ein paar

Schritte zurück, um die Spannung, die zwischen uns herrscht, etwas zu verringern.

Weit komme ich allerdings nicht, denn mit dem Rücken bleibe ich an einem Palmenstamm hängen.

Wie ein Tier schleicht David auf mich zu und mein Rücken wird durch die Palme leicht aufgekratzt. Trotzdem drücke ich mich noch enger dagegen und warte mit klopfendem Herzen und einem Magen, der jeden Moment bereit zu sein scheint, einen Salto zu vollführen. Dicht vor mir bleibt er stehen und ich kann seinen Atem auf meinem Haar spüren.

Scheiße, was tut er da?

Er ist zu nah, viel zu nah. Unfähig etwas zu sagen, lasse ich mich von ihm weiter in die Enge treiben. Seine Hände stützen sich rechts und links neben meinem Kopf ab. Sein Atem, der für meinen Geschmack viel zu ruhig geht, streift dabei meine Wange. Ich selbst habe das Gefühl, als ob sich mein Atem nur noch weiter beschleunigt. Mein Kopf fühlt sich an, als ob er nur noch aus Luft bestünde. Nicht fähig, einen klaren Gedanken zu fassen. Ich sehe nur noch seine tiefblauen Augen, die sich wie ein Schatten in mich einzubrennen drohen. Dann beugt er sich in Zeitlupe vor und ich vernehme den herben Duft seines Parfüms vermischt mit Minze und irgendetwas anderem. Davids Gesicht kommt meinem gefährlich nahe und nur ein paar Zentimeter vor meinem Mund, dreht er leicht den Kopf, bis seine Lippen ganz leicht meine Wange berühren.

Jeder Muskel, jede Faser meines Körpers zieht sich zusammen und wäre ich nicht zwischen der Palme und ihm gefangen, würde ich zu Boden sinken. Hitze durchströmt meinen Körper wie eine Achterbahn von Kopf bis Fuß und gebannt starre ich geradeaus. Davids ausgeatmete Luft streift an meiner Wange hinunter zum Hals, an meiner Halsschlagader bleibt sein warmer, heißer Atem liegen.

Verdammt küss mich, schießt es mir durch den Kopf. Noch nie hat ein Mann es geschafft, mich derart aus der Fassung zu bringen. Noch nie habe ich mir so sehr gewünscht, von jemandem geküsst zu werden.

Doch David tut mir den Gefallen nicht. Nein, er foltert mich weiter, indem er seinen Atem genau auf dem Punkt an meinem Hals ruhen lässt, an dem mein Puls schon bedrohlich schneller schlägt.

„Du solltest nicht mit dem Feuer spielen und vor allem nicht mit mir. Du kannst dieses Spiel nicht gewinnen!" Mit diesen Worten hält er einen Zentimeter vor meinem Hals inne, stößt sich vom Stamm der Palme ab und schlendert hocherhobenen Hauptes zurück zu den anderen Gästen, deren Stimmen von weit weg zu mir durchdringen.

Zehn Minuten später stehe ich noch immer an genau derselben Stelle. Seine Worte schwirren durch meinen Kopf. Langsam beruhigt sich auch mein Puls wieder.

Wie hat er es nur geschafft, mich so aus dem Konzept zu bringen? Warum habe ich mich nicht gewehrt und warum um alles in der Welt fühle ich mich wie von einer Dampfwalze überrollt? Leicht stoße ich mich von der Palme ab.

Verdammt, warum hat es sich so gut angefühlt? Warum hat es mir gefallen, dass er mich so aus dem Gleichgewicht gebracht hat? Doch die alles entscheidende Frage ist, will ich, dass es sich wiederholt?

Ich gestehe mir keine Antwort zu, denn ich bin mir nicht sicher, ob sie mir gefällt.

Du bist aus einem anderen Grund hier. Vergiss diesen arroganten Typen und konzentriere dich auf das wirklich Wichtige, flüstert mir eine leise Stimme in meinem Kopf zu. Mit gestrafften Schultern und neuem Mut, geselle ich mich wieder zu den anderen, direkt zu Kevin und der Traube von Mädchen, die ihn umgeben wie Motten das Licht.

Die Zeit vergeht rasend schnell und meine Gedanken schweifen immer wieder zu dem Punkt zurück, als David mich gegen die Palme gepresst hat.

Hier im schwach beleuchteten Garten kann ich die Kameras sehen, die sich wild um uns scharen und jeden Fetzen des Gesprochenen aufnehmen. Langsam wird mir auch bewusst, dass sie die ganze Zeit über da waren. Vielleicht sogar als David und ich uns unterhalten haben.

Ich schüttele langsam den Kopf, denn ich kann mir einfach nicht vorstellen, dass David nicht vorher nach den Kameras Ausschau gehalten hat. Niemals würde er etwas Unüberlegtes tun. Oder etwa doch?

„Hi“, reißt mich eine männliche Stimme aus meinen Gedanken.

Verwirrt blicke ich in Kevins warme Augen, die mich leicht belustigt mustern.

„Hi. Sorry, ich bin gerade in Gedanken gewesen“, gebe ich zu und lasse das Weinglas in meinen Händen kreisen.

„Das habe ich gesehen. Hast du Lust ein paar Schritte zu gehen?“, fragt er und deutet mit der Hand zum hinteren

Teil des Gartens, wo das Licht kaum ausreicht, um gut sehen zu können.

„Gerne“, stimme ich zu, dabei entgeht mir nicht, wie die Mädchen, die sich bis eben noch mit Kevin unterhalten haben, mir böse Blicke zuwerfen.

Gut, auf der einen Seite kann ich sie verstehen. Jede der Damen versucht seit geraumer Zeit, Kevins Aufmerksamkeit auf sich zu lenken und dann komme ich, diejenige, die die ganze Zeit schweigend daneben steht und schon das vierte Weinglas intus hat, und ausgerechnet mit mir will er allein sein.

Langsam stöckele ich neben Kevin durch das Gras, vorbei an Doreen, die neben David steht und ihn mit ihren Blicken beinahe auszieht.

Was ich nur zu gut verstehen kann, vor allem jetzt, da ich weiß, wie gut er riecht. Schnell schiebe ich den Gedanken beiseite und lasse mich von Kevin, der mich mit seiner Hand auf der Schulter durch die Nacht führt, an ihnen vorbei schieben.

Suchend blicke ich mich um. Hier ist niemand, kein Kamerateam, das uns verfolgt, nur der Duft des salzigen Meeres und das leise Rauschen der Wellen, die an den Strand gespült werden.

„Flüchtest du?“, frage ich und versuche mein Bestes, nicht im Gras hängen zu bleiben. Was mit diesen verflucht hohen Schuhen gar nicht so einfach ist.

Kevin fährt sich durch seine Locken. „Allerdings. Irgendwie macht es mir Angst, so viele Frauen auf einem Haufen und dann noch die Kameras.“

„Das glaube ich dir gerne. Für mich ist das hier auch gewöhnungsbedürftig. Überall die aufgedonnerten Mädels mit ihrem Parfüm, das so schwer in der Luft hängt, dass man kaum atmen kann“, sprudelt es nur so aus mir heraus.

„Sei froh, dass man dich nicht nach deinem Kontostand fragt“, gibt Kevin leicht zerknirscht zurück und hilft mir durch das immer höher werdende Gras.

„Hat das etwa jemand getan?“

„Nicht direkt.“

Ich nehme einen großen Schluck aus meinem Weinglas und komme einfach nicht drum herum ihn zu fragen: „Warum machst du bei dem ganzen Zirkus überhaupt mit? … Ich meine, du bist ein gutaussehender Kerl und hast bestimmt genügend Verehrerinnen.“

Kevin bleibt abrupt stehen, dreht sich zu mir „Das Gleiche könnte ich dich fragen. Irgendwie…“, er hält kurz inne und scheucht mit der Hand eine imaginäres Insekt weg, „… passt du so gar nicht hier her. Du scheinst keine Goldgräberin zu sein und du bist viel zu hübsch, als dass man meinen könnte, du findest keinen anständigen Kerl.“

„Danke“, bringe ich verlegen hervor, froh darüber, dass er nicht sieht, wie mir die Röte ins Gesicht schießt.

Was soll ich darauf noch antworten und so halte ich lieber meinen Mund und genieße die Ruhe, die uns umgibt.

Müde und erschöpft falle ich schließlich in mein Bett. Peggy hat mich mit Fragen über Kevin gelöchert, so dass ich mir vorkomme wie ein Schweizer Käse.

Der nächste Tag bringt nicht viel Neues. Ausgeschlafen wache ich auf und frühstücke mit den anderen Mädchen. Dabei wird der gestrige Abend noch einmal bis ins kleinste Detail auseinandergenommen. Währenddessen schwirren überall Kameras herum, sodass ich mich zunehmend unwohl fühle. Peggy scheint es genauso zu ergehen, denn immer wieder sieht sie wie ein aufgeschrecktes Häschen auf, wenn eine Kamera aus einem Teil des Zimmers schießt.

Als dann noch verkündet wird, dass Kevin Megan und Doreen daten will, ist Peggy noch schlechter drauf. Mir scheint, als ob sie sich wirklich in der kurzen Zeit in Kevin verknallt hat. Wenn das überhaupt möglich ist. Obwohl, die anderen Mädels schwärmen ja auch in den höchsten Tönen von ihm. Bis auf Doreen, die immer wieder zum Ausdruck bringt, wie scharf David doch sei.

Ob zwischen den beiden gestern noch mehr gelaufen ist, schießt es mir durch den Kopf. Mit meiner Serviette wische ich mir die Krümel meines Toastes vom Mund ab, dabei beobachte ich genau, wie sie mit Megan flüstert.

„Wollen wir runter ans Meer?“, frage ich Peggy, die ein Gesicht zieht, als ob sie von einer Regenwolke erwischt worden wäre.

„Nee. Ich bin nicht in Stimmung“, wehrt sie ab und verschränkt ihre Arme vor der Brust.

„Ok, dann gehe ich mich mal umziehen.“ Die anderen Mädchen, die auch nicht zum Date mitdürfen, haben den Frühstückstisch bereits verlassen.

Knapp zwanzig Minuten später gehe ich mit meiner Badetasche und meinem giftgrünen Tuch, dass ich um meinen Körper gebunden habe, hinunter zum Strand. Vor mir erstreckt sich das türkisfarbenes Meer und ein weißer Sandstrand, der aussieht, als ob er direkt aus einem Reiseprospekt entsprungen wäre. Für die Hotelgäste stehen

Sonnenschirme und bequem aussehende weiße Liegen bereit, auf denen sich auch schon ein paar Gäste die Sonne auf die Haut scheinen lassen. Der Duft von Sonnenmilch vermischt mit dem Geruch des salzigen Meeres hängt in der Luft. Zu gern würde ich mich auf eine der Liegen legen, aber ich möchte etwas Zeit für mich haben. Ich brauche ein paar Stunden, um mit dem gestrigen Abend fertig zu werden. Obwohl ich recht gut geschlafen habe, ist mir heute Morgen beim Aufwachen als Erstes Davids Bild in den Sinn gekommen.

Meine Füße berühren den warmen Sand, der durch meine Zehen rieselt und sie angenehm massiert. Ein Peeling für meine wütenden Füße, die mir den gestrigen Abend noch immer nicht recht verziehen haben.

Genüsslich schlendere ich durch den Sand und suche mir ein schattiges Plätzchen unter einer Palme. Hier ist es angenehm ruhig und die Stimmen der anderen Gäste sind weit weg. Nachdem ich mein Handtuch ausgebreitet habe, öffne ich mein Tuch und lege mich, nur mit meinem knappen schwarzen Triangelbikini bekleidet, auf mein Handtuch. Die Ruhe ist einfach herrlich und so schließe ich die Augen und döse leicht vor mich hin.

Doch die Ruhe und Wärme, die mich noch bis eben umgeben haben, sind plötzlich weg. Obwohl es immer noch warm ist, prickelt meine Haut leicht und ein Schauer läuft mir über den ganzen Körper. Irgendwie habe ich das Gefühl, das mich jemand beobachtet. Erschrocken öffne ich die Augen und muss ein paar Mal kräftig blinzeln, um meine Augen wieder an das helle Licht zu gewöhnen. Mit der Hand vor den Augen richte ich mich auf und schaue mich suchend um. Da ist niemand. Nur der leichte Wind, der die Palmwedel leicht bewegt, und das Meer.

„Moment mal“, entweicht es mir. Da ist doch jemand. Angestrengt schaue ich geradeaus. Es ist ein Mann, der gerade aus den Wellen stampft.

„Heiliges Kanonenrohr“, entfleucht es mir leise, als ich auf die braungebrannte Haut des Mannes starre. Es ist ein Spiel aus Muskeln, die sich hart um seinen Körper schmiegen, als er durch den Sand stapft und direkt auf mich zukommt. So einen Körper hat nur jemand, der entweder Extremsportler ist oder jeden Tag ins Fitnessstudio geht. Ein Prachtexemplar von einem Mann. Braune Härchen kringeln sich um seinen Bauchnabel bis hinab in die tieferen Zonen.

Mir bleibt beinahe die Spucke weg, als ich auf die schwarze Badehose starre und die dazugehörigen kräftigen, sportlichen Beine.

„Soll ich dir ein Foto machen oder hast du langsam genug gesehen“, reißt mich eine wütende Stimme aus meiner Faszination.

„Hmm“, bringe ich schmachtend hervor und mein Blick wandert von den Waden des Mannes hinauf zu der Badehose, über den Waschbrettbauch und zu den trainierten Schultern.

Kleine Wassertropfen perlen von der braungebrannten Haut hinunter.

„Verfolgst du mich etwa? Habe ich dir nicht gestern schon gesagt, dass du dich nicht mit mir anlegen sollst?“, kommt es noch unfreundlicher zurück, dabei stützen sich die große Hände auf seinen Hüften ab.

Was hat er eben gesagt? Gestern? Mit einem Schlag bin ich wieder im Hier und Jetzt. Das hier ist nicht irgendeine Gottheit, die mich mit seinem Körper beschenkt, nein, das ist niemand anderes als David, der strafend auf mich hinunter blickt.

„Oh… ich“, stottere ich verlegen und wende automatisch meinen Blick ab.

„Was tust du hier? Willst du mich wieder über Kevin ausquetschen?“, fragt er und greift neben mir auf den Boden.

Ich folge jeder seiner Bewegungen und erst jetzt sehe ich, dass neben meinem Handtuch ein anderes liegt, welches nicht mir gehört.

Hat das etwa vorher auch schon da gelegen? Das ist doch nicht möglich oder habe ich es tatsächlich übersehen?

„Ich habe gar nicht gesehen, dass dort ein Handtuch liegt“, versuche ich mich herauszureden und merke selbst, wie unglaubwürdig sich das anhören muss.

David trocknet sich grob ab, dabei wirft er mir einen Blick zu, der mehr als deutlich zeigt, dass er mir kein Wort glaubt.

Achtlos wirft er das Handtuch, mit dem er sich eben noch abgetrocknet hat, auf den Boden und nimmt neben mir Platz. Dabei lässt er mich keine Sekunde aus den Augen und mir wird immer mulmiger. Warum sieht er mich so an? Es ist wirklich keine Absicht gewesen, dass ich sein Handtuch übersehen habe.

„Oder bist du hier um dich auszuheulen, weil Kevin dich nicht mit auf das Date genommen hat, denn…“

„Nein.“

„... ich habe ihm davon abgeraten. Euer Gespräch muss gestern ja doch recht nett gewesen sein.“ David spuckt die Worte förmlich heraus und Abneigung liegt in jedem seiner Worte.

Also hat er doch mitbekommen, dass Kevin und ich weg gewesen sind. Dabei war er so mit Doreen beschäftigt, dass ich mir sicher gewesen bin, dass er es nicht gesehen hat.

„Sag mal, was habe ich dir eigentlich getan? Ich verstehe nicht warum...“ Ich greife nach meiner Sonnenbrille und meiner Sonnenmilch, um sie in meiner Tasche zu verstauen. Unter keinen Umständen bleibe ich noch länger hier an diesem schönen Ort. Na ja zumindest ist er das gewesen, bevor dieser Arsch hier aufgekreuzt ist.

„Du spielst ein falsches Spiel und das kann ich absolut nicht ausstehen.“

„Ich tue was?“ Blitzschnell drehe ich mich zu ihm um und gebe mir große Mühe, nicht in seine kalten, blauen Augen zu blicken, die mich unentwegt mustern. Dazu noch die nassen Haare, die sich nun pechschwarz um seinen Kopf krausen.

„Du hast mich schon richtig verstanden. Die anderen zeigen wenigstens, dass sie nur hinter Kevins Geld her sind, im Gegensatz zu dir. Du gibst die Unnahbare, die erobert werden will und...“

„Das muss ich mir wirklich nicht länger anhören. Fahr doch zur Hölle, David Brandon, und komm ja nie wieder von dort zurück.“ Rasch greife ich nach meiner Tasche und bin bereit aufzuspringen.

Doch soweit komme ich nicht. Eine kalte Hand umgreift mein Handgelenk und hält mich von meinem Vorhaben ab.

Mitten in der Bewegung komme ich ins Straucheln, was David gekonnt ausnutzt und mich noch mehr aus dem Gleichgewicht bringt. Unsanft zieht er an meinem Handgelenk und bevor ich mich versehe, zieht er mich auf seine breite Brust. Blitzschnell dreht er sich so, dass ich schließlich unter ihm liege. Gefangen unter seinem Körper, unfähig mich zu bewegen, geschweige denn richtig zu atmen. Bei jedem Atemzug drücken sich meine Brüste näher an seine nackte Brust. David verlagert sein Gewicht auf die Unterarme. So bekomme ich wenigstens mehr Luft. Seine tiefblauen Augen fixieren mich und sein Mund, der so fest zusammengepresst ist, dass man nicht mal ein Blatt durchschieben könnte, ist nur wenige Zentimeter von meinem Gesicht entfernt.

„Was soll das werden?“, bringe ich kaum hörbar hervor und versuche, mich unter ihm hervor zu winden. Doch keine Chance. David hält mich zwischen dem heißen Sand und sich fest. „Nach was sieht es denn aus?“, bringt er mit zusammengepressten Zähnen hervor.

„Das würde ich gern von dir wissen. Geh runter von mir oder ich brülle den ganzen Strand zusammen“, drohe ich ihm, doch David grinst spöttisch und seine Lippen kommen meinen gefährlich nah. Kurz vor meinem Mund hält er inne und flüstert bedrohlich leise: „Ich habe dich gewarnt. Spiel nicht mit mir.“

Mein Herz scheint beinahe zu zerspringen und um mich herum scheint alles wie ausgeknipst. Schon wieder habe ich nur einen Wunsch: Ich will diese verdammt heißen Lippen auf meinen spüren. Schwer schluckend halte ich seinem bedrohlichen Blick stand, unfähig mich zu bewegen. „Ich spiele nicht mit dir“, wispere ich. Dabei kann ich das Verlangen in meiner Stimme kaum bremsen.

Davids Pupillen weiten sich und für einen kurzen Moment kann ich ebenfalls so etwas wie Verlangen darin erkennen. Aber vielleicht bilde ich es mir auch nur ein und die Hitze vernebelt mir den Verstand. Davids Augen lassen von meinen ab und gleiten hinunter zu meinem Mund. „Nein?“, fragt er und in dem Moment senken sich seine vollen Lippen auf meine. Seine Zunge fährt leicht über meine Unterlippe und schiebt sich sanft nach vorne.

Nur zu gern lasse ich ihn gewähren und öffne meine Lippen, um dieses unbeschreibliche Gefühl, was mich in diesem Moment befällt, ganz auszukosten. David schmeckt herrlich nach Meerwasser. Vermischt mit Minze. Ich will mehr. Mehr von diesem Gefühl, mehr von dem arroganten, selbstverliebten David, der mich so küsst, wie es noch nie ein Mann getan hat. Unsere Zungen spielen ein leidenschaftliches Spiel und meine Hände greifen nach seinem nassen Haar und versinken ganz darin. Davids Hände, die sich bis eben noch im heißen Sand neben mir abgestützt haben, geben nach. Mit einer Hand streicht er über mein Haar, mit der anderen greift er unter meinen Po und zieht mich noch näher an sich.

Deutlich spüre ich seine, vom Meerwasser feuchte, Haut auf meiner. Jeder Zentimeter meines Körpers presst sich noch dichter an ihn und sein Verlangen drückt hart gegen meinen Bauch.

Wie aus dem Nichts beendet er den eben noch leidenschaftlichen Kuss und rollt sich schwer atmend von mir herunter.

„Bist du jetzt zufrieden?“, keucht er mit bebender Stimme.

„Zufrieden?“, stottere ich verwirrt und mein Körper schreit förmlich nach David, der nun mit einem gewissen Abstand neben mir im Sand liegt.

David fährt sich verärgert durch sein nasses Haar. „Spiel nicht die Unwissende. Das war wirklich gut durchdacht von dir.“

Von was redet der Typ überhaupt? Erst küsst er mich halb um den Verstand und dann knallt er mir irgendwelche komischen Sachen an den Kopf.

„Was zum Teufel willst du mir eigentlich sagen?“ Zögernd richte ich mich auf und sehe zu David hinüber, der nun ebenfalls im Sand sitzt und mich mit seinem Blick beinahe erdolcht. Zumindest würde er es, wenn er könnte.

„Stell dich nicht so an.“ Er spuckt mir die Worte nur so entgegen. „Dein hübscher Arsch rettet dich nun auch nicht mehr. Der Kuss ist ein Fehler gewesen und du solltest endlich Kevin reinen Wein einschenken. Du bist doch auch nur am Geld interessiert und ...“

Der Typ ist doch total durchgeknallt. Außer mir vor Wut springe ich auf und blicke drohend auf ihn hinab: „Wer hat denn hier wen geküsst und außerdem, ist Kevin selbst schuld. Wer an so einer bescheuerten Show teilnimmt, kann nicht ernsthaft glauben, dass er hier die große Liebe findet.“

Blitzschnell angele ich meine Tasche und bevor ich David zurücklasse bestätige ich ihm: „Ja, der Kuss ist ein Fehler gewesen und ich möchte lieber sterben, als ihn noch einmal zu wiederholen.“

Wie ein Tornado rausche ich am Strand entlang zum Hotel. Dieser aufgeblasene, arrogante Typ kann mich wirklich mal.

Kapitel 7

„Was ist denn mit dir los? Dein Tag ist wohl bis jetzt nicht sonderlich angenehm gewesen“, werde ich kurz darauf von den anderen Mädchen, die sich am den Pool versammelt haben, begrüßt. Dabei steigt mir der Geruch von Sonnenmilch vermischt mit einem wilden Parfümsammelsurium entgegen. Suchend blicke ich mich um. Hier sind überall Kameras versteckt und ich kann meiner Wut unmöglich freien Lauf lassen. Auch wenn ich es sehr gerne tun würde.

„Ach, am Strand ist so ein nerviger Typ gewesen und...“, winke ich ab und lasse mich neben Peggy auf einer Liege nieder. Mit dem Satz sind die anderen Mädchen wohl zufrieden und die Diskussion über das Date von Kevin und den beiden Glücklichen wird weitergeführt. Nur mit halbem Ohr höre ich zu. Mir spuken immer noch David und der Kuss in meinem Kopf herum. Am liebsten hätte ich Katy angerufen.

Den restlichen Tag verbringe ich mit den anderen Mädchen zusammen mit Relaxen am Pool. Als dann schließlich Doreen und Megan von ihrem Date mit Kevin zurückkommen, höre ich den beiden zu. Nach den Erzählungen der beiden muss es ein wirklich schöner Tag gewesen sein. Was natürlich nicht nur mir, sondern auch den anderen Mädchen, die hier bleiben mussten, leicht stinkt.

Nach dem Abendessen verabschiede ich mich schnell auf mein Zimmer. Ich brauche etwas Zeit und Ruhe, meine Gefühle wieder zu ordnen. Morgen beginnt Tag Drei und laut Doreen will Kevin uns alle auf eine Yacht einladen.

Mit einem Strohhut auf dem Kopf und so leicht bekleidet wie möglich, gehe ich am nächsten Morgen zwischen den anderen Mädchen am Pier entlang. Unzählige luxuriöse Yachten sind links und rechts vertäut. Die Sonne knallt nur so auf uns herab und mir ist schon wieder wahnsinnig heiß, obwohl die leichte Brise des Meeres, die mir um die Nase weht, gut tut. Leicht recke ich meine Nase in die Höhe, um den Duft des Meeres vermischt mit frischem Fisch tief in mir aufzunehmen. Vielleicht wird ja heute mein letzter Tag hier sein, denn wie wir alle wissen, wird uns heute das erste Mädchen verlassen müssen. Dicht gefolgt vom Kamerateam betreten wir eine pompöse, schneeweiße Yacht, die gefühlte Kilometer lang ist. In meinem ganzen Leben habe ich noch nie ein so großes Boot gesehen, geschweige denn, eines betreten. Ehrfürchtig halte ich mich an der Reling fest und taumele hinter den anderen Mädchen her, die kreischend das Boot nach Kevin durchsuchen. Mit wackligen Beinen und einem mulmigen Gefühl, was vermutlich daran liegt, dass der Boden unter mir schwankt, folge ich dem Geschrei und bleibe schließlich stehen, als sie Kevin gefunden haben.

Kevin sitzt auf einem weißen Sofa, auf dem ebenfalls weißen Tisch vor ihm steht eine mit Eis gefüllte Schale, die einige Flaschen Champagner kühl hält. Er erhebt sich, um uns zu begrüßen. Kevin trägt weite dunkelbraune Shorts und ein dunkelgrünes Shirt. „Hallo Girls“, begrüßt er uns und verteilt fleißig Wangenküsschen. Als er bei mir ankommt, zwinkert er mir kurz zu und in dem Moment erscheint hinter ihm ein dunkler Haarschopf, der aus dem unteren Bereich der Yacht auf einer Leiter nach oben kommt. Wie versteinert stehe ich da und lasse die zwei Wangenküsschen über mich ergehen. Davids Gestalt erscheint und mein Magen krampft sich automatisch zusammen. Warum muss er auch hier sein? Reicht es denn nicht, dass er mir schon gestern den Tag verdorben hat? Muss sich das heute denn alles wiederholen? Tausend Gedanken schießen mir durch den Kopf und meine Augen heften sich auf die Gestalt, die in dem blauen Poloshirt und den weißen Shorts viel zu gut aussieht. David trägt eine dunkle Sonnenbrille und ich kann nicht erkennen, ob er mich schon gesehen hat. Langsam löse ich meinen Blick von ihm und folge Peggy und ein paar anderen Mädchen zum Sofa. Mit einem leisen Seufzer lasse ich mich darauf nieder und sehe, wie Doreen sich zu David gesellt. Davids Gesicht verzieht sich zu einer Art Lächeln und die beiden beginnen sich angeregt zu unterhalten. Worüber ich eigentlich froh sein sollte, denn so kann ich mich ungestört mit Kevin unterhalten, der sich Peggy und mir gegenüber setzt. „Und wie geht es euch? Seid ihr schon einmal mit einem Boot auf dem Meer gewesen?“, fragt er uns und reicht jeder dabei ein mit Champagner gefülltes Glas.

„Meine Erfahrungen mit Fahrten auf dem Wasser beschränken sich bis jetzt darauf, dass ich bei einem Schülerausflug nach New York mit einem Schiff zur Freiheitsstaue geschippert bin“, gebe ich zu und schnuppere an dem prickelnden Inhalt meines Glases. Peggy gibt ebenfalls ihre Schiffserlebnisse zum Besten, woraufhin Kevins Mund von einem fröhlichen Lächeln umspielt wird.

Kevin ist wirklich sehr nett. Wir unterhalten uns gut und doch komme ich nicht umhin, immer wieder zu David und Doreen zu blinzeln. Diese hat mittlerweile ihre Hand auf Davids Oberarm abgelegt und ihre knallroten Fingernägel umschlingen seinen Oberarm. Oder sieht das nur für mich so aus?

Obwohl ich mir sage, dass mir das total egal ist, kann ich mich doch gegen das stechende Gefühl, das sich bei diesem Anblick in mir ausbreitet, nicht wehren. Ich versuche, meine volle Aufmerksamkeit auf Kevin zu lenken, schließlich bin ich seinetwegen eigentlich hier. „Was machst du sonst so in deiner Freizeit außer teure Autos und Boote fahren?“, möchte ich von ihm wissen und zwinge meine Augen, sich auf Kevin zu konzentrieren.

„In meinem Job bleibt mir leider nicht besonders viel Freizeit. Aber wenn, dann treffe ich mich gern mit Freunden oder gehe joggen.“

Wir plaudern ein wenig bis Megan vorschlägt, in dem Pool, der sich im hinteren Bereich der Yacht befindet, baden zu gehen. Begeistert stimmen die Mädchen zu und auch Kevin scheint der Gedanke, viel nackte Haut zu sehen, zu gefallen. Nur widerwillig erhebe ich mich und folge den anderen zum Pool. Mit jedem Schritt, den ich gehe, wird mir zunehmend unwohl. Was ich bis eben, als ich auf dem Sofa gesessen habe, gar nicht so bemerkt habe. Doch nun macht sich der Kloß in meiner Magengrube stärker bemerkbar und ich eile auf den nächstbesten Liegestuhl zu, um mich darauf fallen zu lassen. Während die anderen sich zum Baden ausziehen und Kevins Body, der auch nicht von schlechten Eltern ist, begutachten, kämpfe ich mit der aufsteigenden Übelkeit. Ein Mitarbeiter der Show muss mein grünes Gesicht bemerkt haben, denn er weist mich freundlich darauf hin, ja nicht ins Bild zu kotzen.

Also erhebe ich mich langsam, mit zittrigen Beinen und einem Magen, der von links nach rechts und von oben nach unten schaukelt, und greife nach dem Yachtgeländer, um mich zur Toilette zu schleppen. In meinem ganzen Leben ist mir noch nie so schlecht gewesen. Selbst damals nicht, als ich mit Katy auf einer Weinprobe gewesen bin und gefühlte fünf Flaschen Wein getrunken habe. Die halbe Nacht habe ich mir die Seele aus dem Leib gekotzt, so schlecht ist mir gewesen. Aber das hier ist um ein Vielfaches schlimmer.

Halb blind taste ich mich zur Falle, wo sich im unteren Bereich eine Toilette befinden muss. Noch bevor ich nach unten klettern kann, kommt mir Doreen von dort entgegen, in Begleitung von David. „Was ist denn mit dir los? Du bist ja ganz grün im Gesicht?“, fragt mich diese blöde Kuh und ein hämisches Grinsen liegt auf ihrem Gesicht. Nur langsam steigt sie die Leiter hinauf und ich kann sehen, wie David ihr dabei auf den Hintern starrt. Doch das ist mir im Moment egal, auch was die zwei da unten gemacht haben. Ich will meinen Kopf nur über eine Kloschüssel halten.

Krampfhaft klammere ich mich am Geländer der Leiter fest und hoffe, dass David nun auch endlich nach oben steigt. Doch der bleibt unten stehen und sagt an Doreen gewandt, die ihn auffordernd ansieht: „Geh schon mal vor. Ich bringe dieses Seeungeheuer noch ins Bad. Nicht, dass es hier noch die Leiter runterstürzt.“

„Ich brauche deine Hilfe nicht“, fauche ich oder zumindest versuche ich es, doch es klingt eher nach einem jämmerlichen Miauen.

„Wie du meinst“, gibt Doreen leicht eingeschnappt von sich, wirft mir noch einen bitterbösen Blick zu und stolziert dann mit schwingenden Hüften davon.

„Jetzt komm schon, bevor du hier noch das Boot voll spuckst“, gibt David von sich und streckt mir zur Hilfe seine Hand entgegen. Die ich allerdings abschlage und wie ein Elefant die Leiter hinunter krieche. Doch bei den letzten Sprossen versagen meine Beine und ich sehe mich schon vor Davids Füßen landen. Doch der reagiert blitzschnell und fängt mich auf. Ohne mich auf dem Boden abzusetzen, trägt er mich ein zweites Mal auf seinen breiten Armen. Nur dieses Mal ist es mir noch unangenehmer als beim ersten Mal. „Ich kann selber laufen“, protestiere ich. „Du benimmst dich wie ein kleines Kind“, fährt er mich unfreundlich an und trägt mich, an verschlossenen Türen vorbei, durch den schmalen Gang.

„Wer benimmt sich denn hier wie ein pubertierender Jugendlicher? Das bist ja immerhin du.“ „Selbst jetzt, in deinem Zustand bist du noch dickköpfig“, ignoriert er meine Anspielung auf Doreen.

Mit dem Ellbogen drückt er die Türklinke hinunter und schiebt die Tür mit dem Fuß auf.

In dem Moment erblicke ich meine Rettung. Eine weiße Toilette, die mich anstrahlt, als ob sie nur auf meinen Mageninhalt wartet. „Ok, du kannst jetzt gehen“, befehle ich. Als David mich tatsächlich runterlässt, komme ich leicht aus dem Gleichgewicht. Doch wieder einmal ist er zur Stelle und schiebt meinen Körper zum WC.

„Ein einfaches ‚Danke' genügt vollkommen."

„Danke, David. Könntest du dann bitte gehen?" Während ich das sage, klappe ich Deckel und Brille hoch und beuge mich über die Toilette. Ich möchte mich nur noch entleeren. Doch David steht hinter mir, nicht bereit mich allein zu lassen. Noch bevor ich ihn noch einmal rausschicken kann, passiert es auch schon. David steht nach wie vor hinter mir und rührt sich nicht.

Weitere zwei Mal muss ich mich übergeben. Bis mein Magen komplett leer ist. Und David? Nun, der steht immer noch hinter mir und reicht mir, als ich mich etwas besser fühle, einen kalten Waschlappen, mit dem ich mir den Mund abwische. Selbst jetzt kann er nicht gehen. Mir ist das Ganze so peinlich, dass ich nicht weiß, was ich sagen soll. Am liebsten würde ich einfach davonrennen. Mal ganz abgesehen davon, dass wir uns auf einer Yacht auf dem offenen Meer befinden und ich nicht genug Abstand zwischen uns bringen könnte, befürchte ich, dass dies mein Körper zum jetzigen Zeitpunkt auch nicht zulassen würde. Langsam rappele ich mich auf und wanke zum Waschbecken, wo ich meinen Mund mit frischem Wasser ausspüle. Ich spüre, wie ich vor Erschöpfung am ganzen Körper zittere und stütze mich auf dem Waschbecken ab, um das Gleichgewicht nicht zu verlieren.

„Komm, du musst dich hinlegen." David schiebt mich vor sich her durchs Bad, in den Flur und öffnet eine Tür neben dem Bad. Dort erkenne ich ein riesiges Bett und ohne Protest lasse ich mich von David dorthin schieben. Sanft drückt er mich in die weichen Kissen, zieht mir meine Schuhe aus und ich krieche unter die Bettdecke.

Obwohl ich die Augen geschlossen halte, kann ich spüren, wie David mich ansieht. „Ruh dich etwas aus. Ich gebe den anderen Bescheid, dass du nicht mit auf den Ausflug kommst und hier bleibst."

„Hmm", bringe ich erschöpft hervor.

„Bis gleich. Ich stelle dir einen Eimer neben das Bett, falls du dich noch einmal übergeben musst." Dann höre ich auch schon, wie die Tür geschlossen wird. Allerdings kommt David nicht weit, denn ich höre, wie er draußen auf dem Flur mit jemandem spricht.

„Nein, sie kommt nicht mit. Ich habe sie ins Bett gesteckt, nachdem sie sich ein paar Mal hat übergeben müssen."

„Ich schaue nach ihr", höre ich Kevin sagen.

David unterhält sich also mit Kevin. Ob er gekommen ist, um nach mir zusehen?

„Sie schläft. Fahr du mit den anderen Mädchen zu der Insel und genieße den Tag. Ich bleibe bei Anisha", kommt es bestimmend von David.

Meine Augen werden immer schwerer und ich bin so müde, dass ich nur noch schlafen will.

„Wir sollten sie ins Hotel zurückbringen. Sie kann nicht den ganzen Tag auf dem Schiff bleiben und außerdem, was tust du in der Zeit?"

„Das lass nur mal meine Sorge sein."

„Und die Entscheidung? Wir haben noch nicht...?"

„Kevin, nicht so laut. Hier lauern überall Kameras und…" Mehr kann ich nicht hören, denn Davids Stimme wird immer leiser und es dringt nicht mehr an meine Ohren, was er noch sagt.

Erschöpft falle ich schließlich in einen tiefen, traumlosen Schlaf und als ich wieder zu mir komme, dämmert es bereits. Ich habe also mehr als den halben Tag damit verbracht zu schlafen? Verwirrt blicke ich mich um. Zu meinem Erstaunen bin ich nicht alleine im Raum. Vor einem Schreibtisch mit Seeblick durchs Bullauge, sitzt David mit dem Rücken zu mir vor einem Laptop.

„Äh, hi", bringe ich mit kratziger Stimme hervor.

Ohne sich umzudrehen erwidert er: „Hi."

„Wieso bist du denn hier und nicht mit den anderen an Deck?"

„Die anderen sind zum Abendessen auf eine Insel gefahren und kommen erst gegen Mitternacht wieder. Dort findet auch die Entscheidung statt", klärt er mich auf.

„Sollte ich nicht auch dort sein? Ich meine, falls Kevin mich rauswählt und…"

„Keine Sorge, Kevin wählt dich nicht raus", kommt es spöttisch von David zurück.

„Aber ich…"

„Er hat seine Entscheidung gefällt, wer heute gehen muss. Also sei unbesorgt."

Mann, hat der wieder schlechte Laune. Ob es daran liegt, dass er hier bei mir geblieben ist? Aber ich habe ihn nicht dazu gezwungen. Also braucht er seine miese Laune nicht an mir auszulassen. Am liebsten würde ich ihm das auch sagen, aber auf der anderen Seite ist es wirklich nett gewesen, wie er sich heute Mittag um mich gekümmert hat. Das hätte ich ihm gar nicht zugetraut.

Langsam schlage ich die Bettdecke zurück und obwohl wir uns immer noch auf dem Meer befinden, macht mir das sanfte Schaukeln des Bootes nicht mehr so viel aus.

Ich schlüpfe in meine Schuhe und betrachte Davids Hinterkopf, der stur geradeaus auf seinen Laptop gerichtet ist.

„Danke noch mal. Das ist wirklich nett von dir gewesen, dass du dich um mich gekümmert hast und…“, sage ich kaum hörbar und zupfe meine vom Schlafen leicht zerknitterte Kleidung zurecht.

„So wie du ausgesehen hast, wäre alles andere auch eher unangebracht gewesen.“

„Hmm“, ich fahre mir durch mein Haar und antworte dann: „Ich hoffe, du hast jetzt wegen der Sache keinen Ärger?“

„Ärger? Wieso sollte ich?“, David tippt irgendwelche Zahlen in seinen Laptop ein.

„Na ja, wegen Doreen. Ich glaube, sie ist leicht sauer deswegen und ich möchte nicht, dass ihr meinetwegen streitet oder so“, bringe ich kleinlaut hervor. Dabei gebe ich mir große Mühe, mir nicht anmerken zu lassen, dass mich das stört, was zwischen David und ihr läuft. „Ich denke, darüber musst DU“, er betont das ‚du' besonders, „dir keine Gedanken machen.“

„Was meinst du damit?“, frage ich skeptisch nach und halte neben seinem Schreibtisch inne. „Dass es dich nichts angeht“, gibt er mit einem überheblichen Ton von sich.

„Schon klar. Bist du etwa Kevins Vortester? Erstmal alle Mädchen durchprobieren und dann…“ Wie schafft der Typ es nur, mich innerhalb von Sekunden so wütend zu machen?

„Pass auf, was du sagst“, zischt er mir wütend entgegen und ich fixiere seinen Hinterkopf wie ein Tier seine Beute.

„Willst du mir drohen? Von dir lasse ich mir gar nichts sagen. Das mag ja bei deinen anderen Gespielinnen funktionieren, aber nicht bei mir“, blaffe ich ihm wütend entgegen und meine Fäuste haben ihre übliche Haltung, zumindest seit ich David kenne, eingenommen. „Du legst dich mit dem Falschen an!“ David fährt auf seinem Stuhl herum und statt seinen Hinterkopf zu fixieren, blicke ich direkt in zwei wütende blaue Augen.

„Hunde, die bellen, beißen bekanntlich nicht.“ Meine Arme verschränken sich vor meinem Körper und da er sitzt, baue ich mich zu meiner vollen Größe auf. Was mir hoffentlich mehr Respekt einbringt. David schnappt hörbar nach Luft und dann platzt auch schon der nächste Satz aus mir heraus: „Außerdem wissen wir ja, zu was deine Drohungen führen. Heiße Luft.“ Ich fächere mir mit einer Hand Luft zu. In dem Moment springt David auf und baut sich gefährlich nah vor mir auf. Sein Blick ist so eisig, dass es mir kalt den Rücken hinab läuft. „Du bist doch nur eifersüchtig auf deinen Freund, weil sich alle Mädchen um ihn reißen und du nur das fünfte Rad am Wagen bist. Wer weiß, vielleicht bist du sogar selbst in Kevin verknallt und willst es nur nicht zugeben.“ Ich weiche ein paar Schritte zurück. Nur, um etwas mehr Abstand zwischen uns zu bringen. David sieht mich an, als ob ich nicht ganz bei Trost wäre. Vielleicht bin ich das auch wirklich nicht. Denn noch nie habe ich einem Mann solche Sachen an den Kopf geworfen. Das ist eigentlich gar nicht meine Art. Seine verbissene Miene löst sich von einer Sekunde auf die andere auf und sein Mund, der eben noch zu einem schmalen Schlitz zusammengepresst gewesen ist, wird jetzt von einem kleinen Lächeln umspielt.

Bei diesem Anblick beschleunigt sich mein Herzschlag deutlich und meine Knie werden beinahe weich. Mit dem Blick, mit dem er mich jetzt ansieht, bereitet er mir mehr Angst, als wenn er so gefährlich böse drein blickt.

David führt etwas im Schilde, das kann ich ganz deutlich erkennen.

Verunsichert weiche ich seinem Blick aus und bohre die Finger in meine Unterarme, bis die Haut weiß wird. Eine blöde Angewohnheit, die ich mir vor Jahren mal zugelegt habe.

Das Lächeln um seinen Mund wird noch breiter, erreicht allerdings nicht seine Augen, die mich noch immer von oben herab anblicken.

Ok, zugegeben, ich bin eingeschüchtert. Warum muss der Typ auch nur so verdammt groß und mit Muskeln bepackt sein, dass ich mir neben ihm wie ein kleines unbeholfenes Mäuschen vorkomme?

Was wohl passiert, wenn ich jetzt einen Schritt auf ihn zu mache und diese verdammt schönen Lippen küsse?, schießt es mir durch den Kopf. Das lass mal lieber sein. Sonst zerdrückt er dich womöglich noch, sagt mir eine andere Stimme in meinem Kopf.

So, wie er jetzt vor mir steht, strahlt er eine enorme Autorität aus, die vermutlich sogar meine Großmutter einschüchtern würde. Was wirklich viel heißt, denn meine Großmutter hat sozusagen Haare auf den Zähnen. Sie sagt immer, was sie denkt, und lässt sich von nichts und niemandem aus der Ruhe bringen. Blöderweise macht mich

Davids Art an. Warum auch immer, denn normalerweise stehe ich nicht auf Machos und Bad Boys. Eher auf die Sorte braver Schwiegersohn. Doch David ist davon noch weiter entfernt als ich von stabilen schwarzen Zahlen auf meinem Konto.

Verdammt bin ich, aber meine Haut prickelt unter seinem Blick und ich kann mich nur mit Mühe zurückhalten. Zu gerne würde ich auf ihn zuspringen und ihn mit mir auf das Bett ziehen.

„Ich werde dann mal an Deck gehen und mir etwas zu Essen besorgen“, gebe ich stotternd von mir und trete den Rückzug an, bevor ich komplett die Beherrschung verliere.

Blitzschnell drehe ich mich um und renne beinahe aus der Kabine, hinauf an Deck, wo ich mir erst einmal frische Luft zufächere.

Kapitel 8

Die restlichen Stunden des Abends verbringe ich an Deck, alleine. Von David fehlt jede Spur, was mir aber nur Recht sein kann. Irgendwann höre ich über das Wasser Stimmengewirr zu mir dringen, bald darauf betreten die anderen Mädchen und Kevin die Yacht.

„Hi, na, geht es dir besser?“, will Peggy wissen und nimmt neben mir auf einem kleinen Sofa Platz.

Es ist bereits dunkel und nur die Lichter des Bootes und der Mond erhellen die Nacht. Ich blicke auf das Meer, das durch die Lichter geheimnisvoll glitzert und dabei erscheint David in meinen Gedanken.

„He Ani, alles ok?“ Peggy stupst mich leicht an.

„Ja, ja. Mir geht es besser. Wie ist euer Abend gewesen und wer ist eigentlich rausgeflogen?“, hake ich nach und angele mir die Decke, die auf dem Sofa liegt, um mich zuzudecken.

„Sarah. Was aber irgendwie klar gewesen ist, oder? Zumindest hat es sie nicht sonderlich überrascht…“, plaudert Peggy drauflos und ich höre ihr nur noch mit einem halben Ohr zu, da in diesem Moment David an Deck erscheint. Er hat sich umgezogen und trägt nun eine lange Jeans und ein weißes Shirt. Kaum ist er da, verlässt Doreen Kevin und die anderen Mädchen und steuert zielstrebig auf ihn zu. Wie selbstverständlich schmiegt sie sich an ihn und wirft ihm Blicke zu, die selbst dem größten Trottel mehr als eindeutig erscheinen müssen.

David scheint ihre Anwesenheit zu genießen, denn er legt seinen Arm um ihre Taille und stößt mit seinem Weinglas, das er in den Händen hält, mit ihr an.

Genug gesehen, schelte ich mich selbst und wende meinen Blick von den beiden ab. Ich bin aus einem anderen Grund hier. Nicht um mich zu verlieben oder irgendwelchen arroganten Ärschen hinterher zu rennen.

„Sag mal, hörst du mir überhaupt zu?“ Peggy sieht mich auffordernd an. „Um ehrlich zu sein, ich habe …“, bringe ich heraus und konzentriere mich nun auf meine Nachbarin. Erst jetzt fällt mir auf, dass ihre Wangen gerötet sind und ihre Augen strahlen. Vielleicht hat Peggy aber auch nur zu tief ins Glas geschaut?

Peggy winkt ab und erzählt weiter: „Stell dir vor: Kevin und ich haben uns heute Abend wunderbar unterhalten und ich glaube, ich habe mich in ihn verliebt. Er ist so… Ach, so süß und charmant und liebevoll und…“

„Schon gut. Ich verstehe schon. Aber dir ist bewusst, dass die anderen Mädchen auch um ihn kämpfen?“ Ich kuschele mich tiefer in die warme Decke ein, unter die nun auch Peggy gekrochen kommt.

„Jetzt sind wir nur noch neun. Ja, das weiß ich, aber … Stehst du auch auf ihn?“ Peggy wirkt plötzlich nicht mehr so euphorisch und ich habe beinahe ein schlechtes Gewissen. Vielleicht sollte ich ihr sagen, warum ich wirklich hier bin. Doch schnell verwerfe ich den Gedanken wieder. Dazu kennen wir uns noch nicht gut genug, auch wenn sie mir eine Freundin geworden ist.

„Er ist ganz nett, aber mehr kann ich noch nicht sagen. Ich kenne ihn ja doch gar nicht richtig und außerdem…“

Weiter komme ich nicht, denn Peggy schneidet mir das Wort ab.

„Bist du auch nur hinter seinem Geld her? Schade, denn für übermorgen hat er uns beide zu einer Wandertour eingeladen und…"

Verwundert sehe ich sie an: „Was? Aber morgen verlässt uns doch schon die nächste. Woher weißt du, dass wir da noch dabei sind?"

Peggy beugt sich leicht zu mir: „Psst, nicht so laut. Die Kameras sollten das hier nicht mitbekommen. Kevin hat es mir erzählt."

„Ok." Mehr bringe ich nicht hervor, denn mein Blick huscht, obwohl ich es gar nicht will, hinüber zu David, der an der Reling lehnt und Doreen aufmerksam zuhört.

Erschöpft falle ich knapp eine Stunde später in mein Bett. Obwohl ich hundemüde bin, kann ich nicht recht einschlafen. Meine Gedanken sind bei David und Doreen. Die zwei wirken so vertraut und ich bin mir nicht sicher, ob da was zwischen den beiden läuft. Gerne würde ich Peggy um Rat fragen, aber ihr Atem geht so regelmäßig, dass kein Zweifel besteht, dass sie bereits im Land der Träume ist. Vermutlich wäre es auch nicht gut, wenn ich Peggy davon berichten würde. Doch auf der anderen Seite muss ich mich jemandem anvertrauen, sonst ersticke ich noch an meinen wirren Gefühlen.

Den nächsten Tag verbringe ich damit, am Pool zu liegen und mit den anderen Mädchen die Zeit bis zum Abend tot zu schlagen. Kevin hat mit Ann, Cindy und Doreen ein Date, was nicht nur Peggy stört. Auch die anderen Mädchen machen einen genervten Eindruck. Allgemein wird das Geläster und Gezicke von Tag zu Tag schlimmer und ich fühle mich nur noch mehr fehl am Platz. Ich hoffe, dass Peggys Information stimmt und wir morgen ein Date haben. Dann komme ich endlich mal raus und sehe was anderes als den Pool und die anderen Mädels.

Der Abend rückt immer näher und es wird wild spekuliert, wer heute das Feld räumen muss.

Mit halbem Ohr höre ich zu, denn das Getratsche über die abwesenden Mädchen geht mir ziemlich gegen den Strich. Auch Peggy hält sich raus, was uns zwei zu einer Art Außenseiter macht. Ist mir aber völlig egal, denn ich bin nicht hier, um Freundinnen zu finden.

Es dämmert bereits, als ich neben Peggy den Garten betrete. Uns ist gesagt worden, dass wir heute einen gemütlichen Abend am Lagerfeuer verbringen werden und so habe ich mir bequeme Sachen angezogen. Auch die anderen Mädchen tragen normale Sachen, wenn man das so sagen kann. Zumindest sind sie nicht ganz so aufgedonnert wie an den vergangenen Tagen. Doreen spielt sich mal wieder als Gastgeberin auf, sie drückt jedem Mädchen, das hinzukommt, eine Glas Bowle in die Hand. Bei mir angekommen, rümpft sie nur kurz die Nase und reicht mir kommentarlos das Glas. Ich schnappe es mir und lasse mich mit Peggy am Lagerfeuer nieder.

„Du magst Doreen nicht sonderlich?“ Peggy wirft einen kurzen Blick zu Doreen rüber und sieht mich dann an.

„Nicht wirklich. Und du?“, frage ich und picke das Obst aus dem Glas, um es in meinem Mund verschwinden zu lassen.

„Ich weiß nicht so recht... He, da kommen die Jungs!“ Peggy deutet aufgeregt zu den Palmen zwischen denen Kevin und David erscheinen.

Ich schaue bewusst nicht auf, denn ich habe mir vorgenommen, David heute Abend zu ignorieren. Selbst dann, wenn er mit Doreen wild knutschend in einer Ecke liegen sollte.

So verbringe ich den Abend mit Würstchen essen und unterhalte mich mit Kevin, Peggy und den anderen Mädels. Es ist ein wirklich schöner Abend. Zumindest bis zu dem Zeitpunkt, in dem Kevin seine nächste Entscheidung bekannt gibt. Gegen Mitternacht verkündet Kevin, dass Ann heute nach Hause fahren muss. Diese ist deswegen ziemlich fertig und heult sich die Seele aus dem Leib. So ist der Abend für uns ebenfalls gelaufen und ich ziehe mich in mein Bett zurück. Morgen findet tatsächlich unser Date, die Wanderung, statt und ich möchte dafür fit und ausgeruht sein.

Sonnenstrahlen bahnen sich einen Weg durch die zugezogenen Vorhänge, als ich am nächsten Tag erwache. Peggy schläft noch tief und fest. Doch ich bin hellwach. Langsam und so leise wie nur möglich schleiche ich auf Zehenspitzen hinüber zum Badezimmer, um mir eine Dusche zu gönnen. Die warmen Wasserstrahlen fühlen sich gut auf meiner Haut an und die Vorfreude auf den heutigen Tag steigt. Nachdem ich mich ausgiebig geduscht habe, schlüpfe ich in kurze Shorts und ein enges weißes Top, das meine sonnengebräunte Haut richtig schön strahlen lässt. Endlich einmal ein Tag ohne David sehen zu müssen. Was kann es Schöneres geben?

Wir sitzen gerade alle zusammen beim Frühstück und ich beiße herzhaft in mein Marmeladenbrötchen, als Kevin im Türrahmen erscheint. In voller Wanderausrüstung. Was nicht nur bei mir, sondern auch bei den andern Mädchen ein Grinsen ins hervorruft.

„Guten Morgen, meine Damen. Nun, ich habe ja gestern verkündet, dass Peggy und Ani mich auf der Wandertour, dem heutigen Date, begleiten." Kevin lacht uns gutgelaunt an und ich schenke ihm ein ebenso freundliches Lächeln.

„Allerdings gibt es eine kleine Planänderung."

Planänderung? Was für eine Planänderung? Mein breites Lächeln ruscht etwas nach unten.

„Doreen wird uns ebenfalls begleiten." Kevin scheint von der Idee ganz angetan zu sein und mir bleibt beinahe das Brötchen im Hals stecken.

Doreen? Was zur Hölle...? Warum muss die jetzt dabei sein?, schießt es mir durch den Kopf, doch da ich weiß, dass unzählige Kameras auf Peggy und mich gerichtet sind, zwinge ich mich zu einem Lächeln. Oder zumindest zu einer Grimasse, die einem Lächeln ähnlich sieht.

Mein Blick huscht zu Peggy, die von der zusätzlichen Begleitung ebenfalls nicht begeistert zu sein scheint. Doch auch sie hat ein freundliches Gesicht aufgesetzt, auch wenn es ungefähr meiner Grimasse gleich kommt. Nur Doreen strahlt bis über beide Ohren und klatscht begeistert in die Hände. Dabei drücken sich ihre Brüste noch eine Etage höher und scheinen beinahe das Top, das sie trägt, zu sprengen.

„Dann wollen wir mal, meine Damen." Kevin wirft uns einen auffordernden Blick zu und ich lege mein angebissenes Brötchen zurück auf den Teller. Mir ist der Appetit vergangen. Zaghaft erhebe ich mich und folge der Hüften schwingenden Doreen nach draußen. In der Lobby bleibt sie stehen und deutet an sich hinunter: „Ich muss mich noch schnell umziehen. So kann ich schlecht wandern gehen."

Kevin nickt und so bleibt uns nichts anderes übrig als auf sie zu warten. Schweigend stehen wir da und hören dem gut gelaunten Kevin zu, der von seiner Wanderausrüstung schwärmt. Ob er überhaupt merkt, dass Peggy und ich es gar nicht so toll finden, dass Doreen uns begleitet?

Nach zwanzig langen Minuten taucht Doreen wieder auf. In knappen Shorts, die kaum ihren runden Po bedecken, und einem Top, das so eng ist, dass ihre Brüste einem, noch mehr als vorher schon, entgegen springen.

„So, dann wollen wir mal." Doreen hakt sich wie selbstverständlich bei Kevin unter und da Peggy auf seiner anderen Seite geht, bleibt mir nichts anderes übrig, als ihnen wie ein begossener Pudel hinterher zu dackeln.

So habe ich mir den Tag wirklich nicht vorgestellt.

Kaum sind wir aus dem klimatisierten Hotel hinaus, werden wir auch schon von der schwülen Hitze umgeben. Gefühlte 30° C im Schatten. „Ich habe noch eine Überraschung für euch oder besser gesagt, einen zusätzlichen Gast." Kevin bleibt vor dem Geländewagen, der uns zum Ausgangspunkt unserer Wanderung bringen soll, stehen. „Noch eine Überraschung?", freut sich Doreen wie ein Häschen und hüpft von einem Bein auf das andere.

Peggy blickt skeptisch und ich bete, dass meine Befürchtung sich nicht bewahrheitet.

„Darf ich euch vorstellen? Unser Wanderführer.“ Kevin deutet mit dem Daumen zum Auto und prompt wird die Tür mit den verdunkelten Scheiben geöffnet und David tritt mit Sonnenbrille auf der Nase aus dem Auto. Doreen klatscht begeistert, Peggy atmet erleichtert aus und ich? Nun, ich kann meine Laune, die sich jetzt wirklich im Keller befindet, nicht mehr leugnen.

„Nun sind wir komplett und unser Trip kann losgehen!" Kevin klatscht begeistert in die Hände und schwingt sich neben David auf den Beifahrersitz. Doreen nimmt hinter David Platz und ich folge Peggy, wenn auch nicht sonderlich erfreut, auf die Rückbank.

Während der Fahrt plaudert Doreen ununterbrochen mit David, während Kevin und Peggy sich angeregt unterhalten. Ich sitze da und starre wie eine Bekloppte aus dem Autofenster. Wenn der Tag doch schon vorbei sein könnte. Dabei habe ich mich so auf die Wanderung gefreut und was kommt dabei heraus? Dass ich mit Supertitti und dem arroganten Schnösel wandern muss. Ich fühle mich schon jetzt wie das fünfte Rad am Wagen und kann nur hoffen, dass ich wenigstens während der Wanderung meine Ruhe habe.

Knapp eine Stunde später stoppt David den Wagen auf einem Parkplatz. Erleichtert, Doreens pausenlosem Gequatsche, von dem mir schon die Ohren klingeln, zu entkommen, springe ich aus dem Auto und strecke mich erst einmal. Die Gegend hier oben ist wunderbar, Bäume und Pflanzen, die ich noch nie gesehen habe, wachsen am Rande des Platzes, die Aussicht hinunter ins Tal ist phänomenal. Zudem ist die Luft angenehm frisch und eine leichte Brise weht uns um die Nase, was eine willkommene Abwechslung zu der Hitze im Tal ist. Tief ziehe ich die Luft in meine Lunge und schließe für einen kurzen Moment die Augen. Irgendwie werde ich diesen Tag überstehen, spreche ich mir selbst Mut zu. Als ich die Augen wieder öffne, sind Kevin und David auf dem Weg zum Kofferraum und schnappen sich zwei Rucksäcke. Auch unser Kameramann, zum Glück ist es heute nur einer, trägt einen Rucksack bei sich.

„Können wir?“ David, der immer noch seine Sonnenbrille trägt, sieht Doreen aufmerksam an.

„Ich bin fertig“, verkündet diese. „Meinetwegen kann es losgehen“, stimmt auch Peggy zu und ich nicke knapp.

David geht voran und Doreen folgt ihm wie ein Hündchen den schmalen Anstieg hinauf. Auch hier am Wegesrand stehen tropische Bäume und Pflanzen, die in den verschiedensten Farben und Formen blühen. Kevin lässt Peggy den Vortritt und will auch mir den Vortritt lassen, doch ich winke ab und bilde lieber das Schlusslicht, um Doreens und Davids Unterhaltung nicht mit anhören zu müssen. Kies knirscht unter meinen Füßen und ich versuche, die wundervolle Umgebung in mich aufzusaugen. Schweigend folge ich den anderen und sammle so viele Eindrücke wie möglich.

Durch dichte Wälder und vorbei an klaren kleinen Bächen, die sich ihren eigenen Weg den Berg hinab bahnen. Leise hört man Vögel zwitschern und wenn ich nicht mit dieser Gruppe unterwegs wäre, würde ich den Ausflug richtig genießen. Der Weg ist nicht besonders schwer zu bewältigen und je länger wir laufen, desto ruhiger wird es und ich kann die Natur um mich herum deutlich spüren.

Nach einer guten Stunde machen wir zum ersten Mal eine Pause. Die kleine Anhöhe, auf der wir uns nun befinden, bietet einen atemberaubenden Blick hinab ins Tal. Man kann nicht nur die Häuser sehen, die jetzt eher kleinen Bauklötzen ähneln, sondern auch den langen Sandstrand und das im Sonnenlicht glitzernde Meer.

Doreen lässt sich erschöpft auf die auf der Anhöhe stehende, leicht verwitterte Holzbank fallen und streckt alle Viere von sich. Ihr Gesicht ist krebsrot, ihre Atmung geht schnell und unregelmäßig.

„Wie lange dauert denn unser Ausflug noch?", will sie erschöpft wissen und nimmt einen großen Schluck aus der Wasserflasche, die David ihr reicht.

„Wir haben noch nicht ganz die Hälfte geschafft. Unser Ziel ist ein Wasserfall, ein großartiges Naturschauspiel." Kevin nimmt neben Doreen Platz.

Doreen verzieht skeptisch das Gesicht: „Noch einmal so lang?" Dabei sieht sie David mit großen Kuhaugen an.

„Ja. Schaffst du das?", will er unbeeindruckt wissen.

„Wenn du mich trägst?", gibt sie mit einem verführerischen Augenaufschlag in Davids Richtung von sich.

„Also, ich finde die Strecke bis jetzt nicht sonderlich anstrengend", bemerkt Peggy und bindet sich ihr langes Haar zurück.

„Geht mir genauso", komme ich nicht herum meine Meinung zu äußern.

„Das ist ja auch nur ein Spaß gewesen", gibt Doreen mit einem mörderischen Blick an Peggy und mich zu.

„Gut, dann lasst uns weiter gehen. Ich weiß nicht, wie lange das Wetter noch mitspielt. Hier oben kann es unter

Umständen recht schnell umschwingen.“ David sieht hoch zum Himmel und wir machen uns wieder auf den Weg.

Je weiter wir hochsteigen, desto kühler wird es und wenn ich ein Sweatshirt dabei hätte, wäre jetzt der Zeitpunkt gekommen, es überzuziehen.

Die schwer atmende Doreen hält immer wieder an, um sich eine kurze Verschnaufpause zu gönnen. Da ich keine Lust habe, ihretwegen ständig zu warten, überhole ich sie und Kevin, der fürsorglich bei ihr stehen bleibt.

„David, wie weit ist es denn noch?“, will Kevin wissen und legt der heftig keuchenden Doreen eine Hand auf den Rücken. Peggy bleibt ebenfalls stehen und gönnt sich eine kleine Pause.

„Wir müssten gleich da sein. Laut dem Plan hier geht es noch um die Kurve und dann…“ David sieht stirnrunzelnd von seiner Wanderkarte den Weg hinauf.

„Soll das heißen, du hast keine Ahnung, ob wir hier richtig sind?“, ringt Doreen nach Luft.

David fährt sich kurz durch sein dichtes Haar und geht ein paar Schritte voraus. „Wartet ihr hier, ich schaue mal kurz nach.“ In Davids Stimme liegt ein leichtes Zweifeln.

„Haben wir uns etwa verlaufen?“, jammert Doreen los.

„Wartet einfach hier, während ich schaue“, gibt David bestimmt zurück.

„Du hast keinen Plan, wo wir sind?“, hakt nun auch Kevin nach.

„Herrgott, ich sehe nach. Bleibt einfach hier“, fährt David nun seinen besten Kumpel an.

„Soll das heißen, du hast uns umsonst hier hoch geschleppt und wir haben uns komplett verlaufen? Ich habe mich schon gewundert, warum uns keine Schilder mehr den Weg weisen“, quengelt Doreen und reibt sich die Waden.

Ich habe mich auch schon gewundert, warum uns plötzlich keine Schilder mehr den Weg zum Wasserfall aufzeigen. Aber dem allwissenden Wanderführer David die Kompetenz absprechen? Nein, danke. „Vielleicht haben wir uns wirklich verlaufen“, gibt nun auch Peggy von sich, die ebenfalls kaputt wirkt.

David funkelt Kevin böse an, dieser funkelt genauso wütend zurück und bevor hier ein Streit losbricht, schlage ich mit ruhiger Stimme vor: „He Leute, kein Grund zur Panik. David und ich schauen, wie weit es noch ist und ihr bleibt hier. Notfalls müssen wir eben wieder zurück.“

„Als ob du noch Laufen könntest“, zischt Doreen mich an.

„Ja, kann ich, denn in meiner Freizeit gehe ich zweimal in der Woche Joggen. Also ist das hier“, ich deute auf den schmalen, verschlungen Weg, „kein Problem.“

„Und warum drehen wir nicht alle um?“, will nun Peggy wissen.

„Was, wenn wir richtig sind und nachher einen falschen Weg einschlagen, weil wir denken, dieser hier ist der verkehrte? Sollten wir uns dann nicht versichern, dass dies hier nicht der richtige ist? Außerdem hat David doch gesagt, dass es nicht mehr weit ist“, gebe ich zu bedenken.

„Na gut, wenn du meinst.“ Kevin starrt David immer noch böse an.

„Wie weit ist es ungefähr? Was denkst du?“, hake ich nach und beuge mich zu David, um in die Landkarte zu schauen.

„Maximal noch zehn Minuten“, gibt dieser mit zusammengebissenen Zähnen von sich.

„Gut, dann wartet ihr hier und wir sind spätestens in zwanzig Minuten wieder hier“, wende ich mich an den Rest unserer kleinen Gruppe.

Kevin nickt und auch Peggy stimmt zu. Nur Doreen zieht ein Gesicht, das einer Furie alle Ehre machen würde.

„Dann mal los“, fordere ich David auf, der daraufhin zielstrebig seinen Weg fortführt.

Der Kameramann nickt mir zu, zum Zeichen, dass er hier bei den anderen bleibt. Ich höre Doreen noch irgendeinen bösen Kommentar von sich geben, folge David aber ohne sie weiter zu beachten. Während er mit schnellen Schritten und einer Körperhaltung, die jeden Tiger erschrecken würde, den Weg entlang stapft, komme ich nicht umhin, ihm auf den Hintern zu starren. Es ist wie ein Zwang. Obwohl ich gar nicht hinsehen will, kann ich doch nicht anders. Seine eisige Stimme durchschneidet die Luft: „Wir müssen hier hinauf.“

Vor einem schmalen Pfad, der kaum einen Meter breit ist, bleibt er stehen.

„Gut“, nicke ich und beobachte, wie er sich sicher auf dem rutschigen Boden fortbewegt. Meiner Meinung nach scheint der Weg nicht besonders gut passierbar zu sein, aber David ist schon sauer genug, also halte ich lieber meinen Mund. Zögernd folge ich ihm, dabei darauf bedacht, nicht auf die rechte Seite zu blicken, wo sich steile Klippen neben mir auftun. Wenn man nur einen falschen Schritt macht, wird man vorm Himmelstor begrüßt, so steil geht es dort hinunter.

Mit wackligen Knien und nur kleinen Schritten folge ich David. Dieser geht in sicherem Gang den Weg entlang und ich gebe mein Bestes, mir nicht anmerken zu lassen, dass ich mich nicht wohl fühle.

Schweigend passieren wir den Weg und als der dann etwas breiter wird, kann ich endlich wieder beruhigter atmen.

„Ich kenne den Weg. Wir haben uns tatsächlich verlaufen. Da vorne, kommt eine kleine Brücke und wenn wir die überqueren, kommen wir auch wieder auf den richtigen Weg." Plötzlich bleibt David stehen und ich kann gerade noch abbremsen, um nicht in seinen breiten Rücken zu rennen.

„Wie oft warst du denn schon hier?", will ich überrascht wissen.

„Ungefähr vier Mal", gibt er knapp zurück und bevor er weiter gehen kann, beeile ich mich zu fragen: „Was machen wir mit den anderen? Sollten wir sie nicht holen und…"

David gibt irgendein unverständliches Brummen von sich und stapft einfach weiter.

„He, jetzt warte doch mal. Was machen wir mit den anderen? Sollen wir sie nicht holen?"

„Hast du schon mal einen Blick nach oben geworfen?", gibt er genervt zurück.

„Wieso sollte ich? Das Wetter…" Weiter komme ich nicht, denn in diesem Moment gibt der Himmel ein wütendes Grollen von sich und gleich darauf prasseln die ersten Regentropfen auf uns herab. Nun, Regentropfen ist milde ausgedrückt. Dicke schwere Tropfen durchnässen mich von einer Minute auf die andere. David, der unter einem dichten Baum Schutz sucht, winkt zu mir rüber: „Kommst du endlich oder muss ich dich holen?"

„Kein Grund, gleich so miesepetrig zu werden“, rufe ich David zu und renne zu ihm unter den Baum.

„Und was jetzt? Sollen wir jetzt etwa hier unterm Baum warten bis das Gewitter vorbei ist?“, hake ich skeptisch nach und versuche, meinen Körper durch Rubbeln mit meinen Händen aufzuwärmen.

„Unter Umständen können wir lange darauf warten. Die Gewitter hier sind anders als bei uns zu Hause“, sagt David und kramt in seinem Rucksack nach etwas.

„Und was machen wir stattdessen, Mr. Superhirn? Den Weg, den wir gekommen sind, können wir schlecht zurücknehmen. Der war ohne Regen schon gefährlich rutschig.“

David reicht mir kommentarlos seine Regenjacke und obwohl ich eigentlich zu stolz bin, sie anzunehmen, sagt mir mein Körper doch etwas anderes.

Schnell greife ich nach ihr und schlüpfe in die zwei Nummern zu große Jacke.

„Neben der Brücke befindet sich eine kleine Wanderhütte. Dort sollten wir warten, bis das Gewitter vorbeigezogen ist“, klärt David mich auf und schnallt sich seinen Rucksack wieder auf den Rücken.

Das Gewitter kommt immer näher und die Regentropfen prasseln noch schneller auf den nun immer matschiger werdenden Boden.

„Was ist mit den anderen?“, hake ich nach und zucke erschrocken zusammen als nicht weit von uns entfernt ein Blitz einschlägt.

„Kevin wird hoffentlich so schlau sein und zurückgehen. Er ist ein geübter Wanderer und weiß, wie man sich bei solchem Wetter verhalten muss.“ David schlüpft unter dem Baum hervor und geht schnellen Schrittes durch den Regen.

„Jedenfalls bleibt er nicht stehen und wartet“, ruft er mir wütend zu und so beeile ich mich ebenfalls unter dem Baum hervorzukommen. Bis vor zehn Minuten ist es hier oben noch sommerlich hell gewesen. Aber jetzt, mit zunehmendem Gewitter, verdunkelt sich die Umgebung immer mehr und ich habe Mühe, mit David Schritt zu halten. Obwohl der Weg hier recht breit ist, stolpere ich doch immer wieder über Wurzeln, Steine und irgendwelche anderen Dinge. Zum Glück geht es nicht nur mir so, denn David rutscht auch immer wieder ab und flucht leise vor sich hin. Doch die Donnerschläge über unseren Köpfen sind ohrenbetäubend laut, so dass ich nicht genau höre, was er vor sich hinmurmelt. Mittlerweile ist auch seine Regenjacke, die er mir freundlicherweise geliehen hat, klatschnass und hängt schwer an mir herunter. Eigentlich wäre jetzt der richtige Zeitpunkt nachzufragen, wann wir endlich da sind. Gerade als ich dazu ansetzten will, gibt David ein derart wütendes Grummeln von sich, das jedem Donnerschlag echte Konkurrenz macht und ich sehe, wie er zur Seite umknickt und sich gerade noch mit den Händen auf dem rutschigen Gras abstützen kann.

„Mist, hast du dir wehgetan?“ Schnell eile ich auf den halb am Boden liegenden David zu und gehe neben ihm in die Hocke. Mit meinen Augen begutachte ich seinen leicht verdrehten Fuß. „Ist der gebrochen?“

„Dafür haben wir jetzt keine Zeit. In ein paar Minuten haben wir die Hütte erreicht und dann schaue ich mir meinen Fuß an“, sagt David bestimmt und versucht sich aufzurappeln.

„Warte, ich helfe dir!" Mit meinen Händen versuche ich Davids muskelbepackte Gestalt hochzuziehen. Was mir natürlich nicht gelingt und womit ich von David ein genervtes Schnauben ernte.

David versucht sich selbst aufzurichten, was ihm aber auch nicht so Recht gelingen mag.

„Warte.“ Ich lege mir seinen schweren Arm um die Schulter und zusammen schaffen wir es tatsächlich, ihn aus der Pfütze, in der er sich mittlerweile befindet, hochzuziehen. Davids schwerer Arm hängt auf meinen Schultern und um ihn noch besser stützen zu können, lege ich meinen Arm um seine Hüften. „Wollen wir es versuchen?“, frage ich ihn und wische mir mit der freien Hand über mein nasses Gesicht.

Humpelnd erreichen wir nach einer gefühlten Ewigkeit dann endlich unser Ziel. Eine morsch aussehende alte Hütte, die mich eher an einen Stall erinnert.

„Und die ist offen?“, hake ich skeptisch nach.

„Das ist eine Wanderhütte für Personen wie uns, die bei Gewitter hier oben sind. Solche Hütten sind immer offen“, gibt David von sich und drückt die Türklinke hinunter.

Mottengeruch vermischt mit Staub dringt mir in die Nase und ich bin drauf und dran, einfach draußen stehen zu bleiben. Doch David zwingt mich mit seinem mächtigen Körper, der schwer auf meinen Schultern lastet, einzutreten.

„Licht gibt es hier nicht?“, frage ich mich eher selbst als David.

„Nein, aber Kerzen.“ David humpelt zu einer Art Bett und lässt sich stöhnend darauf nieder. Dabei zieht er mich beinahe mit sich, ich kann mich gerade noch abstützen.

„Ich schaue mal, ob ich Kerzen finde.“ Schnell schüttele ich seinen Arm von meinen Schultern und rappele mich auf.

„In der Kiste“, gibt David brummelnd von sich.

Witzbold, welche der geschätzt zwanzig Kisten meint er? Ziellos irre ich durch die kleine Hütte, die kaum genug Platz für zwei Personen bietet. Durch die Dunkelheit kann ich zwar einige Kisten erkennen, doch meine Angst vor Spinnen hält mich doch davon ab, eine zu öffnen.

„Kannst du mir mit deinem Handy leuchten?“, frage ich David in der Hoffnung, nicht blind in den Kisten suchen zu müssen. Meines musste ich zu Beginn der Show abgeben.

„Nein, das liegt im Auto. Da es hier oben keinen Empfang gibt, habe ich es dort gelassen.“

Hilft doch alles nichts, da musst du durch, mache ich mir selbst Mut und öffne zaghaft eine der Kisten. Ganz vorsichtig tasten sich meine Hände in der Kiste vor und siehe da, keine Kerzen. Wäre ja auch zu schön gewesen. Stattdessen habe ich eine Art Dose in der Hand. Schnell lasse ich sie wieder zurück sinken und wage mich an die nächste Kiste heran.

Auch hier werde ich nicht fündig. Im Gegenteil. An meinen Händen klebt irgendein seltsames Zeug, welches ich mir schnell an Davids nasser Regenjacke abwische.

Mit angeekeltem Gesicht mache ich mich über die nächste Kiste her und siehe da, hier sind doch wahrhaftig ein paar Kerzenstummel drin.

Triumphierend halte ich sie in die Höhe. „Gefunden“, gebe ich hocherfreut von mir.

„Wird ja auch langsam Zeit“, gibt David miesepetrig von sich und am liebsten hätte ich ihm die Kerzen um die Ohren geschlagen.

„Hast du Feuer?“, frage ich stattdessen und taste mich durch die Dunkelheit wieder zu ihm.

„Im Rucksack“, informiert er mich und reicht mir dann nach kurzem Kramen ein Feuerzeug. Ich stelle die Kerzen auf den nahestehenden Tisch und zünde sie an.

Der Raum wird durch das Kerzenlicht schwach erhellt und ich kann für meinen Geschmack viel zu viele Spinnweben erkennen. Reiß dich zusammen, Ani, befehle ich mir selbst und blicke zu David, der mit schmerzverzerrtem Gesicht auf dem alten Bett sitzt und sich bei dem Versuch abmüht, seine Wanderschuhe auszuziehen.

„Warte, lass mich dir helfen.“ Eilig knie ich mich über seine Füße und mache mich an seinen Schuhen zu schaffen. Dabei berühren sich unsere Hände für einen kurzen Moment. Davids Hände sind im Gegensatz zu meinen eigenen angenehm warm. Durch die Nässe zittere ich am ganzen Körper und meine Kleidung klebt unangenehm feucht auf meinem kalten Körper. Wie hat er es geschafft, dass seine Hände warm bleiben, obwohl er doch auch vom Regen durchnässt ist? Vielleicht gehört das zu Gottes

Plan. Genauso, wie der Umstand, dass Männer nie kalte Füße haben.

Endlich habe ich auch seinen zweiten Schuh heruntergezogen und nehme neben David, am Fußende der Bettes Platz.

„Zieh diese verdammte Jacke aus. Du machst das ganze Bett damit nass“, fährt er mich an und zieht den Strumpf von seinem verletzten Fuß herunter.

David hat Recht. Ich hinterlasse wirklich eine Wasserpfütze auf der Matratze. Schnell ziehe ich sie aus und werfe sie achtlos auf den Boden.

Langsam lasse ich mich wieder auf das Bett sinken und begutachte Davids Fußknöchel, der langsam aber sicher anschwillt.

„Ist er gebrochen?“, will ich von David wissen, der mit gezielten Handgriffen seinen Fuß untersucht.

„Woher soll ich das wissen? Bin ich Arzt?“, gibt er mit schmerzerfülltem Gesicht von sich.

„Kein Grund, gleich so pampig zu werden. Lass mich mal sehen.“ Ich schlage seine Hände von seinem Fuß weg und streiche vorsichtig über den erhitzten Knöchel. Der Knöchel ist geschwollen, scheint aber ganz zu sein. Mit beiden Händen umfasse ich seinen Knöchel um ihn mit meinen kalten Händen zu kühlen.

David lehnt sich zum Bettgitter zurück und beobachtet meine Hände, die sich um seinen Fuß gelegt haben. Dabei wischt er sich das nasse Haar, das an seiner Stirn klebt, zurück.

„Tut das gut?“, will ich wissen und blicke zu ihm hoch.

Davids Augen sind geschlossen und statt einer Antwort gibt er ein kleines Nicken von sich.

Schweigend sitzen wir da und meine Hände werden langsam etwas wärmer. Nur mein restlicher Körper zittert noch wie Espenlaub.

Draußen trommeln Regentropfen auf das Dach und erfüllen den Raum mit kleinen Schlägen. Auch das wütende Grummeln des Donners kommt immer näher und mir ist klar, dass das Gewitter sich erst am Anfang befindet.

Meine Augen richten sich nach oben zum Dach und ich kann nur hoffen, dass die Dachplatten dicht sind. Das Pfeifen des Windes rüttelt an den Fenstern und obwohl es hier vermutlich von Spinnen und anderem Ungeziefer nur so wimmelt, bin ich froh, nicht da draußen sein zu müssen.

„Du solltest dich ausziehen. Sonst bist du morgen krank“, gibt David von sich und macht sich an seiner Hose zu schaffen.

Entrüstet blicke ich zu David hoch, der bereits mit nacktem Oberkörper da sitzt und den Knopf seiner Hose öffnet.

Ich soll mich ausziehen? Vor David? Sicher nicht. Lieber hole ich mir eine Lungenentzündung. David zieht seine Hose herunter, dabei kommen mir seine Hände immer näher. Bevor er mit seinen Händen er die Hose ganz runter geschoben hat, springe ich auf und bleibe vor ihm stehen.

Ohne auf mich zu achten, zieht er seine Hose aus und wirft sie neben seine anderen Sachen auf den schmutzigen Boden.

Wie versteinert stehe ich da und blicke auf David hinab. Das schwache Licht erhellt seinen muskulösen Körper und gibt ihm einen verführerischen Glanz. Ich habe große Mühe, mir nicht anmerken zu lassen, welche Anziehungskraft er auf mich ausübt. Warum muss David auch nur so gut aussehen? Warum kann ich nicht einfach mit einem fetten, schwabbeligen Typen hier sein? Warum muss es der attraktivste Mann sein, der mir seit Langem unter die Nase gekommen ist?

„Brauchst du meine Hilfe oder schämst du dich? Ich habe dich bereits im Bikini gesehen, falls ich dich daran erinnern darf“, gibt er spöttisch von sich und wirft mir eine muffige Decke zu.

„Danke für das Angebot, aber das schaffe ich gerade noch so alleine“, gebe ich gereizt zurück und lege die Decke neben den brennenden Kerzen auf den Tisch,.

David wendet sich ab und kramt in seinem Rucksack nach irgendetwas. Er scheint überhaupt kein Interesse an mir oder meiner Unterwäsche zu haben. Zum Glück. Denn während ich mir langsam das Top abstreife fällt mir ein, dass ich gerade heute die unerotischste Unterwäsche überhaupt anhabe, die ein Frau nur besitzen kann. Einen weißen Sport-BH und nicht einmal einen passenden Schlüpfer dazu. Ich trage eine babyblaue Panty, die verwaschener aussieht als sonst was. Nachdem ich mein Top über einen Stuhl gelegt habe, mache ich mir an meiner Hose zu schaffen und schlüpfe so schnell ich kann heraus. Dabei lasse ich David nicht aus den Augen, der zum Glück noch immer etwas in seinem Rucksack sucht. Schnell greife ich nach der Decke und wickele mich darin ein. Die Decke kratzt unangenehm auf meiner Haut, aber immerhin ist sie trocken.

„Schätzungsweise hattest du heute nicht vor, Kevin deine Unterwäsche zu zeigen“, gibt David amüsiert von sich und lässt den Rucksack zu Boden gleiten.

Der Arsch hat also doch gelinst. Unsanft lasse ich mich am Fußende auf das Bett fallen und stütze mich dabei auf Davids Knöchel ab. David gibt ein drohendes Brummen von sich, rückt aber etwas zur Seite. Ich lasse meinen Kopf gegen die Wand sinken und starre ins Leere. Das Bett ist so schmal, dass ich Davids Wärme deutlich spüren kann. Mir ist immer noch kalt und am liebsten würde ich mich an Davids warmen Körper schmiegen.

Ich kann das Zittern und das Zähneklappern nicht unterdrücken. Mein Körper fühlt sich an, als ob er in einem Gefrierschrank eingesperrt wäre.

„Komm her“, befiehlt David da durch die Dunkelheit.

„Geht schon“, wehre ich ab und reibe meine Hände an meinen eiskalten Oberschenkeln.

„Kannst du auch nur einmal deinen Dickschädel abschalten?“, wirft er mir anklagend vor und noch bevor ich etwas sagen kann, greifen seine Hände nach mir und ziehen mich zu ihm rüber.

Zwischen der Wand und Davids breiter Brust liege ich gefangen da. Unfähig mich zu rühren oder mich dagegen zu wehren, dass er meine Decke aufzieht und mich zu ihm unter seine Decke zieht. David schlägt die Decke unter meinem Körper ein und baut so eine warme, kuschelige Höhle. Die Decke, in die ich eben noch eingewickelt gewesen bin, legt er über uns. Mit seinen warmen Händen rubbelt er meine Oberarme warm und der Duft seines

Aftershaves dringt in meine Nase. Genüsslich schließe ich die Augen und drücke meinen Rücken noch enger an seine breite Brust. Dabei kommt mein Po auch seinen Hüften näher. Meine eiskalten Füße reiben sich gegeneinander, um etwas wärmer zu werden. Dabei kann ich nicht verhindern, dass sich auch mein Po leicht bewegt. David gibt ein undefinierbares Seufzen von sich und zunächst fürchte ich, dass ich seinen Fußknöchel irgendwie erwischt haben muss. Doch dann spüre ich, wie sich etwas Hartes an meinen Po drückt.

Großer Gott, schießt es mir durch den Kopf und damit meine ich nicht nur die Tatsache, dass ich da etwas in Bewegung gebracht habe, sondern auch die Tatsache, wie groß dieses Etwas ist.

Auch wenn David so tut, als ob er immer alles im Griff hat und er der Eisklotz in Person ist, gibt es wohl doch eine Tatsache, gegen die auch er machtlos ist. Er ist und bleibt doch nur ein einfacher Mann, der sein Verlangen ebenso wenig im Griff hat wie jeder andere.

So gut ich kann, versuche ich, etwas von ihm abzurücken, was mir aber durch das enge Bett nicht wirklich gelingt. Also drehe ich mich einfach um, so dass wir uns ansehen können. Mit klopfendem Herzen hebe ich leicht den Blick und schaue direkt in Davids Augen, die vor Verlangen beinahe brennen. Er sagt nichts, sieht mich nur an und auch ich kann meine Augen nicht von ihm abwenden.

„Das sollten wir nicht tun“, sagt er kaum hörbar und meine Augen wandern von seinen Augen hinunter zu seinem sinnlich geformten Mund.

„Was sollten wir nicht tun?“, bringe ich mit leiser, kratziger Stimme hervor.

„Das“, brummt er und seine Hände greifen nach meinem Kopf und seine Lippen pressen sich gierig auf meine, was mir jeglichen Atem raubt.

Wild und stürmisch, so wie das Wetter, das über unseren Köpfen wütet, so leidenschaftlich küsst er mich. Ich bin gefangen in seinen Küssen und mein verräterischer Körper presst sich so eng wie nur möglich an ihn. Mein Herz pocht wild in meiner Brust, aber vielleicht ist es auch das von David. Seine Hände geben meinen Kopf frei, nicht aber meine Lippen. Noch immer küsst er mich mit einer solchen Leidenschaft, die ich ihm nie zugetraut hätte. Mit seinen Fingern streicht er sanft an meinem Schlüsselbein hinab und wandert dann immer tiefer. Vor Verlangen keuche ich auf und jeder Zentimeter, der uns eben noch getrennt hat, ist plötzlich weg. Auch ich lasse meine Hände langsam auf Wanderschaft gehen und fahre auf seiner breiten Brust hinab. Davids Haut ist erstaunlich weich und ich kann den festen Herzschlag unter meinen Fingern spüren. Sein Brustkorb hebt und senkt sich rhythmisch und während meine eine Hand auf seiner Brust liegt, wandert die andere hinunter zu seinem stahlharten Bauch, der sich unter meinen vorsichtig streichelnden Fingern anspannt. Blitzschnell greift David nach meinen Hüften und setzt mich rittlings auf sich.

Während ich auf ihm sitze, beuge ich meinen Oberkörper hinunter und suche verlangend nach seinen Lippen. David schmeckt so gut und ich kann gar nicht genug von seinen Küssen und seinen zarten Fingern bekommen. Langsam öffnet er den Verschluss meines BHs und wirft ihn achtlos auf den Boden. Seine Hände streichen nun sanft über meine Brüste. Hitze durchströmt meinen Körper. David hört nicht auf, mich zu küssen, seine Lippen wandern langsam abwärts zu meinen Brüsten, meinen Nippeln. Meine Finger krallen sich ins Laken, als er meine Brust sanft mit der Zunge und seinen Lippen liebkost. Noch nie hat ein Mann es geschafft, mich in diesem Maß um den Verstand zu bringen. Es ist eine süße Qual und ich will mehr davon. Viel mehr. Meine Hände streichen abwärts über Davids Oberkörper und er scheint genau zu wissen, was ich möchte.

Seine starken Arme schlingen sich um mich und schnell dreht er mich mit sich, bis ich unter ihm liege. Fasziniert beobachte ich das Spiel seiner Muskeln und mache mich dann an seiner prall gefüllten Boxershorts zu schaffen. Ich kann nicht mehr warten. David hat mich schon so weit um den Verstand gebracht, dass ich ihn nun endlich ganz will. David geht es wohl genauso, denn er macht sich an meiner Panty zu schaffen und zieht sie mir aus. Gierig greife ich nach seinem Kopf, um ihn wieder und immer wieder zu küssen, während sich unsere Hüften aneinander schmiegen. Dann passiert es endlich. Ich kann David spüren. Behutsam dringt er in mich ein, dehnt meinen Eingang mit seiner männlichen Pracht. In meinem Verlangen kippe ich mein Becken nach oben, um ihn tief in mir zu spüren. Seine Augen sind ganz dunkel. Sein Atem verrät seine Erregung. In mühsamer Beherrschung zieht er sich wieder ein Stück zurück, bevor er tief in mich hineinstößt. Meine Hände streifen über seinen Rücken bis sie auf seinem Po zum Liegen kommen. Meine Finger krallen sich in seine Backen und ich ziehe ihn noch näher zu mir. Unsere Zungen sind eng miteinander verschlungen. Bei jedem seiner Stöße stöhne ich in seinen Mund, was er mit immer schnelleren Bewegungen beantwortet. Er ist tief in mir als ihm ein gutturales Stöhnen entweicht. Sein erlösendes Pulsieren fällt mit meinem leidenschaftlichen Zucken zusammen. Es ist einfach unbeschreiblich, in welche Höhen er mich katapultiert. Es ist mit Abstand das beste Gefühl, das ein Mann in mir ausgelöst hat.

Das ist nicht unser einziges Liebesspiel geblieben. In dieser Nacht haben wir uns noch vier weitere Male geliebt. Es dämmert bereits, als ich eng in seine Arme gekuschelt einschlafe. Zum ersten Mal seit Langem schlafe ich, ohne mitten in der Nacht aufzuwachen, durch. Ein Erlebnis, das mir seit dem Tod meiner Mutter verwehrt blieb.

Kapitel 9

Am nächsten Morgen wache ich auf, weil ich das Gefühl habe, etwas Schweres raubt mir den Atem. Langsam öffne ich die Augen und kann Davids Arme erkennen, die mich dich an ihn pressen, so dass ich kaum Luft bekomme.

„He, du erwürgst mich beinahe“, wispere ich ihm zu und versuche mich aus seinem festen Griff zu befreien.

„Hmm“, gibt er schlaftrunken von sich und öffnet langsam die Augen.

„Ich bekomme keine Luft“, protestiere ich und versuche mich immer noch aus seinen Armen zu befreien.

„Morgen“, brummelt er und lockert den Griff um meinen Körper.

Meine Lungen füllen sich mit Sauerstoff und ich kann wieder frei atmen.

„Morgen“, antworte ich und beuge mich leicht über ihn, um nach meiner Unterwäsche zu suchen.

Ich fühle mich unwohl, denn ich weiß nicht, was David denkt. Wie er die ganze Sache sieht. Für mich steht fest, dass ich gestern die beste Nacht meines Lebens gehabt habe. Ob es ein einmaliger Ausrutscher gewesen ist? Am liebsten würde ich ihn fragen, aber ich weiß, dass Männer bei solchen Dingen irgendwie anders ticken als Frauen.

„Suchst du die hier?“ David greift nach meiner Panty und hält sie mir unter die Nase. Sein Gesicht verrät keinerlei Emotion.

„Ja, danke“, bringe ich mit hochrotem Kopf hervor und ziehe sie mir unter der Decke an. Obwohl es nur ein einziges Fenster in dieser Hütte gibt, erhellt es den Raum doch recht gut. Gestern, als wir nackt gewesen sind, ist es dunkel gewesen. Jetzt ist es hell und ich will nicht, dass David mir beim Anziehen zuguckt und meine nicht ganz straffen Oberschenkel sieht.

„Den hier wohl auch.“ David reicht mir meinen BH, den ich ihm nickend abnehme.

Auch David greift nach seinen Sachen und zieht sich langsam an.

„Was macht dein Knöchel?“, frage ich ihn durch die unangenehme Stille, die uns umgibt. Weder David noch ich scheinen zu wissen, was wir sagen sollen. Vermutlich kommt es selten vor, dass er nach einem One-Night-Stand am nächsten Morgen neben der Frau aufwacht.

„Er schmerzt. Aber wir werden schon irgendwie den Berg hinunter kommen“, gibt er in seinem altbekannten, mürrischen Ton von sich.

Nur gut, der alte David ist wieder da.

Ich schlüpfe gerade in meine noch leicht feuchten Shorts als die Tür von draußen aufgerissen wird. Grelle Lichtstrahlen erhellen die dämmrige alte Hütte nun vollends, so dass der im Türrahmen stehende Kevin kaum zu erkennen ist.

„Hier steckt ihr also. Mensch, wir haben uns solche Sorgen um euch gemacht!“

Mit ‚wir’, meint er wohl das ganze Kamerateam, das sich nun an ihm vorbei in die enge Hütte drängt.

Ich spüre die Röte in mein Gesicht steigen. Nur gut, dass David und ich angezogen sind. Nicht auszudenken, was passiert wäre, wenn das Team uns zwanzig Minuten zuvor, nackt in dem engen Bett, vorgefunden hätte. David fährt sich durch sein Haar und antwortet: „Ich habe mir den Knöchel verletzt und durch das Gewitter ist uns nichts anderes übrig geblieben, als hier zu bleiben."

Kevin nickt und das Kamerateam filmt die Hütte und uns wie wild. Mir ist das Ganze einfach nur peinlich und ich bin mir sicher, dass man mir an der Nasenspitze ansieht, was gestern vorgefallen ist.

Langsam schaue ich zu David hinüber. Auf seinem Gesicht ist nichts zu erkennen. Es sieht genauso grimmig und arrogant wie eh und je aus.

Ich beeile mich aus der kleinen Hütte herauszukommen, da mich das Gefühl beschleicht, nicht mehr genug Luft zu bekommen.

„Ani, alles ok?" Kevin legt mir fragend eine Hand auf die Schulter und sieht mich mitfühlend an.

„Ja. Ich bin nur total kaputt und hungrig. Aber sonst ist alles ok", lüge ich ihn an und blicke über meine Schulter zu David, der humpelnd aus der Hütte kommt. Er betrachtet Kevin und mich mit einem herablassenden Blick.

Schnell sehe ich weg und schüttele Kevins Hand ab.

Während des kompletten Abstieges straft mich David mit Nichtbeachtung. Wer weiß, was er denkt? Vielleicht glaubt er wirklich, dass ich mir Kevin immer noch warm halte. Nach allem was gestern passiert ist?

Ich will nur noch zurück ins Hotel und mich die restlichen Tage vor David verstecken.

Nach einer gefühlt endlos langen Zeit, in der ich mit dem von Kevin mitgebrachten Lunchpaket meinen Hunger stillen kann, erreichen wir schließlich unser Hotel und ich werde von Peggy freudig erwartet. Auch die anderen Mädchen stürmen heran und umringen mich. Sie brennen vor Neugier und wollen wissen, was seit dem Unwetter passiert ist. Nur Doreen nicht. Sie stürmt auf David zu und fällt ihm um den Hals.

„Mist, die habe ich ja total vergessen“, flüstere ich leise und beobachte die beiden heimlich.

„Was? Wen?“, will Peggy wissen und folgt meinem Blick.

„Ach, nichts“, beeile ich mich zu sagen und lasse mich, nachdem ich den anderen Mädels kurz Bericht erstattet habe, von Peggy in unser Zimmer führen.

Ich fühle mich miserabel. An meinen Haaren, auf meiner Haut, überall an meinem Körper haftet Davids Geruch. Stöhnend streife ich meine Schuhe ab und lasse sie mitten in unserem klimatisierten Hotelzimmer liegen.

„Peggy, ich muss unter die Dusche“, gebe ich von mir und wackele auf die Badezimmertür zu.

„Natürlich. Aber danach will ich alles wissen.“ Peggy wirft sich auf unser Bett und ich frage mich, was aus der schüchternen Peggy, die ich noch vor ein paar Tagen kennenlernen durfte, geworden ist.

„Ok.“ Schnell schnappe ich mir frische Kleidung und schließe die Badezimmertür hinter mir.

Ein paar Minuten später stelle ich mich unter den heißen Dampf der Dusche und lasse das Wasser an meinem Körper hinabrieseln. Selbst jetzt habe ich immer noch Davids Geruch in der Nase. Wütend über mich selbst und meine undefinierbaren Gefühle schnappe ich nach dem Shampoo und seife mich ausgiebig von Kopf bis Fuß ein.

Minuten später betrete ich wieder unser Hotelzimmer. Mit nassen Haaren und in gemütlichen Schlabbersachen. Peggy liegt auf dem Bett, alle Viere von sich gestreckt, und nickt mich zu sich rüber.

„Nun sag schon. Was ist passiert? Als wir das Wetter bemerkt haben, meinte Kevin wir müssen sofort zurück. Zuerst haben wir noch nach euch sehen wollen, aber Doreen hat wie ein Waschweib herumgejammert, dass uns nichts anderes übrig blieb, als den Rückweg anzutreten. Wir haben uns solche Sorgen um euch gemacht. Vor allem, als das Wetter immer schlimmer geworden ist“, sprudelt es wie ein Wasserfall aus Peggy heraus.

„David ist ein geübter Bergsteiger und wir haben tatsächlich den falschen Weg eingeschlagen. Als das Wetter immer schlechter wurde, haben wir uns auf den Weg zu einer Berghütte begeben. Und auf dem Weg dahin hat sich David den Knöchel verdreht oder so was in der Art.“ Ich strecke mich neben Peggy auf dem Bett aus und vergrabe meine Hände bei dem Gedanken an das, was danach passiert ist, in meinem Kopfkissen.

„Mein Gott.“ Peggy hat sich die Hand vor den Mund geschlagen und sieht mich mit großen Augen an.

„Allerdings“, gebe ich nicht gerade freundlich von mir. Der Gedanke, wie David mich heute den ganzen Heimweg lang ignoriert hat, zerrt doch mehr als erwartet an mir. Gut, ich habe nicht erwartet, dass er mir einen Ring an den Finger steckt. Aber zumindest hätte er mir das Gefühl geben können, dass ihm die letzte Nacht gefallen hat. Denn schlecht ist sie nicht gewesen, zumindest für mich nicht. Meine Hände krallen sich in das weiche Kopfkissen.

„Bist du sauer? Ich meine, weil wir einfach abgehauen sind?“ Peggy blickt schüchtern zu Boden und erst jetzt fällt mir auf, dass sie irgendwie anders als gestern wirkt.

„Nein. Ist ok. Aber was ist mit dir? Du scheinst so… bedrückt?“, hake ich nach und sehe sie aufmerksam an.

Peggy rutscht ungeduldig auf unserem Bett herum. „Gestern, also nachdem ihr weg seid… Ich habe mir solche Sorgen gemacht und Kevin… Na ja, er ist dagewesen und hat mir zugehört, mich getröstet und dann… Na ja, was soll ich sagen? … Wir haben uns geküsst.“

Ich sage nichts, was soll ich auch dazu sagen? Ich meine, vielleicht ist Kevin ja anders als sein ach so toller Freund und meint es ernst.

„Es ist einfach so passiert, Ani, und ich kann gegen meine Gefühle nicht ankämpfen. Ich weiß, dass es falsch gewesen ist, zumal du ja auch Interesse an ihm hegst und…“ Peggy blickt mich verzweifelt an, in ihren Augen schimmern kleine Tränen.

„Halt“, unterbreche ich sie, „ich mag Kevin, aber mehr ist da nicht.“

„Dann bist du auch nur hinter seinem Geld her?“, fragt Peggy ungläubig.

„Nein, nicht direkt. Ich habe mich auf diese bescheuerte Show eingelassen, weil… Ach, es ist besser, wenn ich dir das ein anderes Mal erzähle…“ Eilig greife ich nach ihrer zitternden Hand. Peggy ist immer noch ganz aufgewühlt und macht sich schreckliche Vorwürfe: „Aber trotzdem, der Kuss ist nicht ok gewesen. Ich meine, jede sollte die gleichen Chancen haben und ich habe die Situation einfach ausgenutzt. Ich bin eine schreckliche Freundin.

Vielleicht ist es das Beste, wenn ich einfach heute bei der Entscheidung gehe."

„He, jetzt beruhige dich erst einmal. Kevin ist mir wirklich egal. Vielleicht sollte ich das Feld räumen. Ich habe dir nicht alles von gestern erzählt. Ich habe mit David geschlafen", platzt es aus mir heraus.

Peggys Kopf fährt zu mir herum und mit offenem Mund starrt sie mich an. „Du hast was?"

„Ja, du hast richtig gehört. Ich gehöre nicht hier her. Das ganze Spiel hier mache ich nur wegen meiner kleinen Schwester. Sie ist schwerkrank und ich brauche das Geld, um ihre Medikamente und die Arztkosten bezahlen zu können." Nun bin ich aufgesprungen und tigere in unserem Zimmer auf und ab.

Peggy hört mir schweigend zu und als ich fertig bin sagt sie: „Ani, dich trifft keine Schuld. In deiner Situation, würde ich genau so handeln. Nur die Sache mit Kevin, vielleicht könntest du mit ihm sprechen und ihm sagen, dass du Geld brauchst. Er ist ein netter Mensch und vielleicht…"

„Nachdem ich mit seinem besten Freund in der Kiste war? Was würde er von mir halten, wenn ich ihn jetzt noch um Geld anbettele?" Ich fahre mir durch mein noch feuchtes Haar und schaue aus dem Fenster hinunter zum Pool, wo sich ein paar Gäste tummeln.

„Nur noch ein paar Tage. Dann ist das Finale und wer weiß, vielleicht kommst du sogar bis dahin und Kevin entscheidet sich für dich", dabei verzieht Peggy traurig das Gesicht.

„Nein, das sicher nicht. Aber jeder Tag, den ich länger hier bleibe, hilft meiner Schwester."

Den restlichen Tag verbringe ich zurückgezogen in unserem Zimmer. Nur zum Abendessen raffe ich mich auf, aber der Abend zieht an mir vorüber und auch, dass Cindy heute nach Hause gehen muss, bekomme ich nur am Rande mit.

Auch am nächsten Tag fällt es mir schwer, mich zu den andern Mädels an den Pool zu begeben. Doch ich möchte nicht, dass das Kamerateam auf mich aufmerksam wird und so lege ich mich neben Peggy in einen Liegestuhl und hole mir mein Buch heraus, um darin zu lesen. Auch die anderen Mädchen haben es sich auf Liegestühlen gemütlich gemacht und lassen sich von der Sonne verwöhnen.

Doch irgendwann ist es mit der Ruhe vorbei. Als Kevin und, wie kann es anders sein, David auftauchen, beginnt das in Positur bringen links und rechts von mir. Beide Herren sind mit Badeshorts bekleidet und ein Handtuch baumelt lässig über ihre Schultern. Mein Magen zieht sich beim Anblick von Davids nacktem Oberkörper merklich zusammen und ich gebe mir Mühe, so zu tun, als ob er mich nicht die Bohne interessiert. Dabei beobachte ich jeden seiner Schritte und als er dann sein Handtuch neben Doreens Liegestuhl ausbreitet und sich mit ihr angeregt unterhält, ist es mit meiner Beherrschung vorbei. Mich straft er mit Nichtbeachtung, während er dieser Schlampe jetzt auch noch den Rücken eincremt? Wütend schiebe ich mir meine Sonnenbrille auf die Nase. „Lass dich von Doreen nicht ärgern. Und David, dieser Trottel, er weiß einfach nicht was ihm entgeht!“, versucht Peggy mich leise zu beruhigen.

„Warum entgeht? Er hat doch gehabt, was er wollte, mich in seinem Bett“, zische ich ihr zu.

„Ich weiß, aber…“

„Der Typ kann mich mal“, antworte ich Peggy und platziere mein Buch demonstrativ vor meiner Nase.

„Doreen ist doch auch nicht an David interessiert. Die will auch nur Kevins Geld“, versucht es Peggy noch einmal.

„Das sieht für mich aber ganz anders aus. Meinetwegen kann er mit allen Kandidatinnen rumpoppen. Wenn es seinem Ego gut tut.“ Mann, was bin ich wütend. Meine Hände zittern sogar.

Ani, nur nichts anmerken lassen. Der Typ ist es nicht wert! Diesen Satz wiederhole ich immer und immer wieder, wie ein Mantra, bis ich es am Ende vielleicht doch glaube.

Am Abend steht wieder die Entscheidung an und ich weiß nicht warum, aber heute habe ich große Lust, mich voll aufzumotzen. Ich ziehe das schönste Kleid, das ich mit Katy gekauft habe, aus dem Schrank. Ein schwarzes, trägerloses Kleid mit unzählig vielen kleinen silbernen Steinchen verziert. Das bodenlange Kleid mit einem Schlitz fast bis zum Po auf der linken Seite, umhüllt mich wie eine zweite Haut. Mein langes Haar trage ich offen über den Schultern. Zum Schluss noch meine silbernen Ohrringe, ebenfalls mit kleinen glitzernden Steinchen, und mein Outfit ist perfekt. Meine Haare trage ich offen, jedoch habe ich eine Seite zurückgekämmt und mit kleinen Spangen versehen, so das mein langes Haar nur auf einem Teil meiner Schulter zum Liegen kommt. „Wow, du siehst toll aus. Das Kleid ist der Hammer!“ Peggy sieht mich bewundernd an.

„Danke, du aber auch“, gebe ich das Kompliment gerne an sie zurück, die mit ihrem knallroten Kleid ebenfalls umwerfend aussieht. Wir machen uns auf den Weg zum Abendessen und als wir den Saal betreten kann ich mit Genugtuung erkennen, wie David und Kevin uns anstarren.

Genau das wollte ich. Zufrieden gehe ich neben Peggy zu den anderen Mädchen und schnappe mir ein Glas Champagner. Immer wieder bilde ich mir ein, Davids Blick auf mir zu spüren. Doch ich habe mich mit dem Rücken zu ihm gewandt, so dass ich ihn nicht sehen kann. Der Tisch ist wieder mal reich gedeckt. Auf silbernen Platten werden nicht nur Muscheln und Fisch gereicht, sondern auch Gemüse von beinahe jeder Sorte. Obwohl ich zugeben muss, dass die Muscheln nur halb so schlecht schmecken wie ich zu Anfang dachte, halte ich mich doch lieber an das Gemüse mit Reis. Das Essen verläuft gut und auch hier, beachte ich David nicht weiter, sondern unterhalte mich mit Peggy. Erst als er und Kevin sich zurückziehen um sich zu beraten, wer heute gehen muss, treffen sich unsere Blicke für einen kurzen Moment. In Davids Augen liegt die gleiche Kälte, die sie fast ununterbrochen schon seit unserer ersten Begegnung ausstrahlen und wenn ich es nicht besser wüsste, dann könnte man meinen, zwischen uns sei nie mehr als ein paar Sätze zu wechseln vorgefallen.

Es dauert ewig, bis die zwei wieder kommen. Mittlerweile bin ich bei meinem dritten Glas Champagner angekommen. Ich stehe mit ein paar anderen Mädchen in einer

Runde zusammen und blicke immer wieder zu der Tür, durch die David und Kevin verschwunden sind. Noch nie haben die beiden so lange gebraucht, um sich zu beraten. Auch die anderen Mädchen werden langsam ungeduldig und die gute Stimmung, die bis vor Kurzem noch da gewesen ist, ist wie weggeblasen. Jedes der Mädchen hängt seinen Gedanken nach und es wird wild spekuliert, wen es wohl heute treffen wird. Nervös spiele ich mit meinem Glas in den Händen und meine Augen suchen immer wieder den Saal ab. Ein ungutes Gefühl macht sich in mir breit. Mit jeder Minute die vergeht, werde ich unruhiger.

Dann endlich kommen die beiden wieder. Kevin wirkt bedrückt und bleibt unruhig neben David stehen. „Darf ich um eure Aufmerksamkeit bitten?", gibt Kevin von sich und sein Blick gleitet immer wieder zu David, der wie eine Salzsäule neben ihm steht. Ruhig und völlig emotionslos. Das krasse Gegenteil zu Kevin, der sich immer wieder nervös durch das Haar fährt. Mittlerweile herrscht eine unangenehme Stille im Saal. Die Luft ist merklich spannungsgeladen. „Mir ist die heutige Endscheidung nicht leicht gefallen“, beginnt Kevin zögerlich, „es ist eine sehr schwere Entscheidung gewesen und ich kann nicht einmal genau sagen, warum ich mich so entschieden habe." Kevin blickt wieder zu David, so, als ob er auf ein Zeichen seinerseits warten würde. Doch nichts passiert. David blickt ruhig in die Runde. „Nun es fällt mir wie gesagt nicht leicht, weil ich die Person wirklich sehr mag und schätze. Aber trotzdem muss ich sie heute nach Hause schicken.“

Kevins Stimme stockt: „Anisha, du musst heute nach Hause fahren.“

Ich kann nicht genau sagen, ob ich gerade wirklich gehört habe, dass Kevin meinen Namen genannt hat oder ob ich das alles träume. Unfähig mich zu rühren, stehe ich da. Hat er wirklich meinen Namen gesagt?, schießt es mir durch den Kopf.

Erst als ich spüre, dass ich umarmt werde und Peggy an meiner Schulter schluchzt weiß ich, dass ich es nicht geträumt habe. Das hier ist echt. Verdammt echt.

Benommen lasse ich mich im Kreise der Mädchen umarmen. Aufmunternde Worte werden mir zugesprochen und mein Blick, der bis eben noch starr in die Ferne gerichtet gewesen ist, hat jetzt seinen Punkt gefunden. Meine Augen treffen auf Davids und in ihnen ist nichts zu erkennen. Kein Mitleid, keine Trauer, keine Verwunderung. Nur wieder diese eisige Kälte, die mir einen Schauer über den Rücken jagt. Wie konnte ich diesen Menschen nur küssen? Wie konnte ich in seinen Armen liegen und ihm meine ganze Leidenschaft schenken?

Wie bescheuert kann ein Mensch nur sein?, tadele ich mich im Stillen und wende meinen Blick ab.

Langsam straffe ich meine hängenden Schultern und setze ein gequältes Lächeln auf.

„Ist schon gut. Ich bin einfach nicht die Richtige", antworte ich und tröste somit mehr die anderen Mädels als mich selbst. Kevin kommt auf mich zugetrottet, mit einem Blick, der jedem bestraftem Hund alle Ehre macht. Ich entferne mich von den anderen Mädchen und lasse mich von ihm in eine freundschaftliche Umarmung ziehen. Dabei flüstert er ganz leise: „Es tut mir so leid, Ani. Du bist so ein tolles Mädchen und… Ach, du findest den Richtigen!"

„Danke, Kevin“ Ich nicke, mehr kann und will ich nicht sagen, denn die Kameras kreisen um uns herum und versuchen, jedes noch so kleine Detail aufzunehmen. Er drückt mir zum Abschied noch einen kurzen Kuss auf die Wange, ich drehe mich um und gehe an den anderen Mädchen vorbei, um meine Sachen zu packen.

Kapitel 10

Nichts hat sich während meiner Abwesenheit verändert. Langsam lasse ich meine Wohnungstür hinter mir ins Schloss fallen und mein Gepäck bleibt mitten in dem kleinen Raum, der mich auf einmal beinahe zu erdrücken scheint, liegen. Geschafft von dem langen Flug lasse ich mich auf mein kleines Sofa fallen. Meine Pumps erzeugen ein kleines dumpfes Geräusch, als sie auf dem Boden landen. Ich will nur noch schlafen. Während des kompletten Rückflugs habe ich kein Auge zugetan. Kaum habe ich die Augen geschlossen, drängt sich mir dasselbe Bild auf, das mich schon seit Stunden nicht mehr loslässt. Tiefblaue Augen, die sich in meinen Körper, in meine Seele brennen. Hände, die mich sanft berühren und ein Atem, der mir wie ein Wimperschlag über den Körper fährt.

„Verdammt“, fluche ich laut und öffne meine Augen. Dabei wische ich mir eilig eine Träne weg, die sich über meine Wange stiehlt. Was ist nur los mit mir? Noch nie habe ich wegen eines Typen geweint. Doch ich habe mich auch noch nie so leer und benutzt wie in diesem Moment gefühlt. Ich schnappe mir mein Handy, um Katy anzurufen. Ich muss raus, ich brauche frische Luft und Gesellschaft.

Katy ist fünfzehn Minuten später da. Es ist Nachmittag, fast schon früher Abend, und mit einem Kaffeebecher in der Hand schlendern wir durch den nahegelegenen Park.

„Ok Süße, jetzt erzähl schon. Ich habe jede der Folgen angesehen und muss sagen, dieser Kevin sieht doch gar nicht so übel aus. Außerdem hat es im Fernsehen den Anschein gehabt, als ob er dich mag.“ Katy hakt sich bei mir unter.

„Ja, Kevin ist sehr nett." Langsam führe ich den Kaffeebecher zu meinem Mund und nehme einen kleinen Schluck von der heißen Flüssigkeit, die mich sofort von Innen wärmt. Obwohl es nicht kalt ist, friere ich trotzdem ein wenig. Was womöglich am Klimawechsel zwischen Karibik und San Francisco oder einfach nur an meinem Schlafmangel liegt.

„Und?“ Katy gibt sich nicht so leicht zufrieden: „Nach der Wanderung, als du mit seinem besten Freund in der Hütte übernachtet hast, da dachte ich schon…“

„Was?“

„Na ja, dieser David ist heiß. Auch wenn er irgendetwas in seinem Blick hat, dass gefährlich verdorben aussieht.“

Fragend blicke ich sie an.

„Na, du weißt schon. Ich kann mir gut vorstellen, dass es beim Sex mit ihm so richtig zur Sache geht.“ Katy zwinkert mir zu.

Stöhnend nehme ich den nächsten Schluck von meinem Kaffee. Leider etwas zu viel, denn meine Zunge protestiert im selben Moment.

„Ach, verdammt“, fluche ich und strecke meine Zunge, die ich mir verbrannt habe, in die Luft.

„Sag mal, du und dieser David. Hattet ihr was miteinander?“ Typisch Katy. Sie kennt mich zu gut, oft besser als ich mich selbst.

Mehr als ein Nicken bringe ich nicht zustande.

„Echt jetzt?“ Katy hüpft aufgeregt und zieht mich dann auf die nächstgelegene Parkbank. „Erzähl schon! Wie ist es gewesen? Ist er echt so eine Granate…?“

Ich strafe sie mit einem kurzen Blick.

„Ach, komm schon, Süße. Ich will doch nur wissen, wie es gewesen ist und…“

„Es ist schön gewesen. Zu schön“, gebe ich leise zu und schaue zu einem verliebten Pärchen, das Hand in Hand an uns vorbeischlendert.

„Du hast dich in den Typen verliebt. Habe ich Recht?“ Katy beäugt mich kritisch.

Es zu leugnen wäre sinnlos, also nicke ich kurz.

„Ach, Ani und jetzt? Ich meine, habt ihr über die Sache geredet, du und David?“

„Wann denn? Ich habe ja gar keine Möglichkeit dazu gehabt. Außerdem hat er sich schon an die Nächste rangemacht.“

„Diese Doreen?“

„Genau. Was hätte ich also mit ihm besprechen sollen? Er hat seinen Spaß mit mir gehabt. Mehr wollte er nicht.“ Allein der Gedanke treibt mir eine Träne in die Augen und verzweifelt versuche ich, den aufsteigenden Kloß in meinem Hals herunterzuschlucken.

„Dieser Mistkerl. Er hat dich einfach nicht verdient.“ Katy schließt mich in ihre Arme und drückt mich fest an sich. An der Schulter meiner besten Freundin kann ich die Tränen nicht länger zurückhalten und heule mich an ihrer Seite aus. Beruhigend fährt sie mir immer wieder über den Rücken und flüstert mir aufmunternde Worte zu. Als ich mich endlich wieder beruhigt habe und meine Tränen langsam trocknen, reicht sie mir ein Taschentuch.

„Der Typ ist es nicht wert. Du wirst einen ganz tollen Mann kennenlernen und mit ihm viele tolle Kinder haben…"

„Ach, du heiliger Bimbam", entfährt es mir, als ich das Wort Kinder vernehme.

„Was ist los?", Katy sieht mich erschrocken an. „Ihr habt doch verhütet?"

„Nun, also… eigentlich…" Wie kann man nur so blöd sein? Daran habe ich gar nicht gedacht. Schon seit Monaten nehme ich keine Pille mehr. Wieso sollte ich auch? Schließlich habe ich keinen Freund und für One-Night-Stands bin ich definitiv die Falsche.

„Ihr habt kein Kondom benutzt? Ich meine, Ani, der Typ könnte irgendeine Krankheit haben oder…"

„Doch, wir haben eines benutzt, beim ersten Mal", gestehe ich mit hochrotem Kopf.

„Ani", Katy schüttelt den Kopf, „na gut, komm. Den Kopf in den Sand stecken bringt uns nun auch nicht weiter. In ein paar Wochen wissen wir, ob euer kleiner Quickie Folgen hat."

Zögernd folge ich Katy durch den Park zu ihrer Wohnung.

Seit meiner Ankunft sind ein paar Tage vergangen. Mittlerweile habe ich auch wieder mit der Arbeit begonnen, obwohl mir ein paar Tage Ruhe noch gut getan hätten. Ich habe auch noch Resturlaub, aber Zuhause, in meiner kleinen Wohnung, fällt mir die Decke regelrecht auf den Kopf. Gegen Liebeskummer hilft nur Ablenkung.

Angespannt starre ich auf meinen PC und tippe immer wieder Buchhaltungszahlen in den Computer. Mein Gehirn fährt auf Sparflamme, das kann ich nicht leugnen. Nachts schlafe ich nicht mehr als drei bis vier Stunden. Außerdem dauert es Ewigkeiten, bis ich überhaupt einschlafen kann. Meine Gedanken drehen sich permanent um diesen Arsch von Mann und nicht nur das. Seit meinem Gespräch mit Katy nagt auch die Ungewissheit an mir, ob ich schwanger bin oder nicht. „Ein Kind von David, das wäre die reinste Katastrophe“, flüstere ich leise zu meinem PC.

Es ist nicht so, dass ich Kinder nicht mag. Im Gegenteil. Irgendwann möchte ich welche. Aber dann auch das komplette Programm. Mit einem liebevollen Ehemann, einem kleinen Häuschen und Maylin, die bei uns lebt, um endlich ein normaler Teenager sein zu können. Eine Wunschvorstellung, schelte ich mich selbst in Gedanken und tippe mit lauten Schlägen Zahlen in die Tastatur.

„Und, schaust du dir heute das Finale an?“ Kira, meine Arbeitskollegin reißt mich aus meinen Gedanken.

„Mal sehen“, gebe ich achselzuckend von mir.

Das Finale. Seit meinem Rauswurf bei der Show, habe ich keine der im Fernsehen ausgestrahlten Sendungen mehr verfolgt. David zu sehen würde ich nicht verkraften. Allein beim Gedanken daran wird mir schlecht. Auch ohne die Show zu verfolgen, bin ich auf dem neusten Stand. Nun sind nur noch Doreen, Peggy und Megan im Rennen und heute Abend wird sich herausstellen, für wen Kevins Herz schlägt. Nicht nur meine Arbeitskolleginnen, auch Katy und meine kleine Schwester haben ihre Favoritin. Ich kann nur hoffen, dass Kevin sich richtig entscheidet.

„Ach, komm schon, Ani. Lass uns das Finale ansehen", bettelt Maylin und um ihr blasses Gesicht spiegelt sich ein bittendes Lächeln.

„Ich bin gerade mal eine halbe Stunde hier und du hast kein anderes Thema?", frage ich sie und lege mich neben sie in das warme Bett. Nach der Arbeit habe ich mich gleich auf den Weg zu meinen Großeltern gemacht. Es ist Wochenende und ich bin froh, endlich aus der Stadt herauszukommen. Hier bei meinen Großeltern scheint die Zeit für ein paar Jahre stehen geblieben zu sein. Kein stetes Rauschen der vorbeifahrenden Autos, keine mit Abgas verpestete Luft. Das kleine Haus unserer Großeltern liegt in einer ruhigen Wohngegend, in der sich die Nachbarn noch miteinander unterhalten.

„Ich habe dich im Fernsehen gesehen. Du hast toll ausgesehen." Maylin rückt etwas zur Seite, um mir in ihrem Bett Platz zu machen.

„Hmm", seufze ich und schließe erschöpft die Augen.

„Weißt du, auch wenn ich nicht dort war, habe ich mir doch gewünscht, ebenso schöne Kleider wie du sie anhattest, zu tragen. Zu tanzen und Spaß zu haben. Auf einer Yacht über das Meer zu schippern." Maylin spricht langsam und ich höre, dass das Sprechen ihr schwer fällt.

„Wenn die Schmerzen stärker werden, dann stelle ich mir vor, wie es ist, mich hübsch zu machen und mit einem Jungen zu tanzen. Dann bade ich auch im Meer und fühle den Sand, der durch meine Zehen rieselt."

Maylin spricht mit belegter Stimme und ich weiß, dass sie Angst hat. Angst, dass sie das alles nicht erleben kann. Tränen treten mir in die Augen und ich schließe meine kleine Schwester fest in die Arme.

„Du wirst das alles erleben, Süße. Das verspreche ich dir“, wispere ich in ihr kurzes blondes Haar. Ich spüre, wie sie den Kopf schüttelt: „Ich habe gehört, wie Grandma mit Dr. Blum gesprochen hat. Er hat gesagt, wenn ich nicht bald eine neue Niere bekomme, dann …“

„Psst. Denk nicht daran. Wir schaffen das“, versuche ich sie zu trösten und streiche über ihr Haar.

„Ani, ich habe Angst.“

„Ich weiß.“ Mehr bringe ich nicht heraus und in Gedanken füge ich hinzu: ‚Ich auch.'

Im winzigen Esszimmer meiner Großeltern sitze ich bei ihnen und lasse mir von Grandma den Teller mit Suppe füllen. Auf ihrem Gesicht haben sich die Sorgenfalten eingegraben und auch mein Grandpa sieht um Jahre gealtert aus. Obwohl die beiden mit Mühe versuchen, es nicht zu zeigen, schlaucht sie die ganze Situation. „Hier“, aus meiner Tasche ziehe ich all das Geld, das ich bei der Show verdient habe, und reiche es meiner Grandma.

„Schatz, du musst nicht…“ Grandma wehrt ab und beachtet das Geld, welches ich ihr in die Hand drücken will, nicht.

„Doch. Bitte nimm das Geld“, befehle ich ihr und greife nach ihrem Arm mit dem sie gerade die Wasserflasche greifen will.

Zögernd nimmt sie schließlich das Geld an und antwortet kopfschüttelnd: „In deinem Alter sollte man nicht so viele Sorgen mit sich herumschleppen müssen."

„Was sagt Dr. Blum?", hake ich nach und lasse mir die herrlich duftende Suppe schmecken.

„Die Medikamente schlagen an, aber Maylin braucht eine neue Niere. Dein Grandpa und ich sind schon auf der Bank gewesen, um einen Kredit aufzunehmen. Die Chancen stehen ganz gut." Grandma nimmt neben uns Platz und wirkt schon etwas zuversichtlicher als noch kurz zuvor.

„Mit dem Gedanken habe ich auch schon gespielt. Die Chancen allerdings, in meinem Alter, alleinstehend, einen Kredit zu bekommen?", werfe ich resigniert in den Raum.

„Darüber mach dir mal keine Gedanken. Wir werden schon eine Lösung finden." Grandpa tätschelt mir die Hand und löffelt seinen Teller leer.

Grandpa, ein stattlicher Mann, der schon von je her immer der ruhende Pol in der Familie gewesen ist, wirkt ebenfalls mehr als zuversichtlich.

„Nun, das Geld von dir müsste auf alle Fälle für ein paar Monate Medikamente reichen." Grandma greift nach meinem Teller, um ihn wieder bis obenhin mit Suppe zu füllen. Die Suppe genießend tauschen wir noch die neusten Begebenheiten aus und seit längerer Zeit fühle ich mich gar nicht mehr so schlecht. Doch der Gedanke, später mit meiner kleinen Schwester die Sendung und damit David wiederzusehen, trübt das traute Beisammensein.

Eine knappe Stunde später sitze ich neben Maylins Bett. Meine kleine Schwester ist schon ganz aufgeregt und immer wieder sieht sie auf die Uhr.

„Gleich geht es los“, verkündet sie mir. Schnell ziehe ich mir einen kleinen Sessel heran, um meine Füße hochzulegen. Maylin zieht ungeduldig an ihrer Bettwäsche und ich kann mir bei ihrem Anblick ein Lächeln nicht verkneifen. Ihr kurzes Haar steht ihr vom Kopf ab und ihre blauen Augen blicken wie gebannt in Richtung Fernseher.

„Denkst du, er nimmt die Siegerin mit zu seinem Haus und zeigt ihr, wo er lebt?“

„Bestimmt. Aber ob wir Zuschauer das sehen werden?“ Meine Finger greifen nach der Chips-Tüte.

„Ich bin so aufgeregt. Glaubst du, er entscheidet sich für Peggy?“

„Das kann ich nur hoffen“ Im selben Moment erklingt die Titelmelodie der Show und mein Herzschlag beschleunigt sich ganz von allein. „Es geht los!“ Maylin klatscht aufgeregt in die Hände und wirft mir einen strafenden Blick zu, als ich die Chips-Tüte geräuschvoll öffne.

„Psst. Leise“, befielt sie mir anklagend. So leise wie nur möglich angele ich mir eine Handvoll Chips. Nicht weil ich Hunger habe, sondern weil meine Hände irgendeine Beschäftigung brauchen. Dann wird auch schon die erste Szene gezeigt und ich bin froh, dass David in ihr nicht zu sehen ist.

Mein Körper, der angespannt im Sessel sitzt, lockert sich ein wenig und ich verfolge das Geschehen im Fernsehen. Es ist widerlich, wie Doreen sich an Kevin ranmacht und ich kann mich gut in Peggy hineinversetzten, die das Ganze mit wütendem Blick verfolgt. Meine kleine

Schwester gibt immer wieder ein abfälliges Schnauben von sich und ihr Blick ist starr auf den Fernseher gerichtet. Ich blicke auf die Uhr. Schon zwanzig Minuten sind seit Beginn der Übertragung vergangen und von David ist nichts zu sehen. Zum Glück. Vielleicht kann ich mir die Folge doch ganz in Ruhe ansehen.

Gerade als ich mir die nächste Hand voller Chips in den Mund stecken will, sehe ich ihn. David!

Mein Herz zieht sich schmerzhaft zusammen und mein Magen verkrampft sich zu einem Klumpen. Die Hand, in der ich die Chips halte, gleitet mir achtlos herunter. Im Fernsehen sieht er nicht weniger attraktiv aus als in natura. Im Gegenteil. Seine Augen blicken gefühllos in die Kamera, als er sich mit Kevin über die Mädchen unterhält. Seine Stimme klingt genauso, wie ich sie in Erinnerung habe. Obwohl ich gar nicht will und meinen Augen befehle, ihn nicht weiter zu betrachten, gehorchen sie mir nicht. Sie saugen jedes kleinste Detail von ihm auf. Die Nerven in meinem Körper sind auf höchster Alarmstufe. Ich höre gar nicht, was die beiden besprechen, ich sehe nur seine weichen Lippen, die fest aufeinander gepresst sind und wünsche mich zurück in die Berghütte, in der ich diese Lippen überall auf meinem Körper spüren durfte.

„Hast du das gehört, Ani, hast du das gehört?“, kreischt Maylin und rutscht aufgeregt in ihrem Bett herum.

„Hmm, was?“, stottere ich benommen und blicke neben mich zu Maylins Bett.

„Kevin ist gar kein Millionär“, kreischt es schrill in meinem Ohr.

„Nicht?“, hake ich benommen nach.

„Nein.“

Kapitel 11

Die Sendung läuft weiter, aber ich bekomme nur noch einen Bruchteil dessen mit, was geschieht. Benommen sitze ich in meinem Sessel. Das Ende der Show rückt immer näher und ich bin froh, nicht in der Haut der drei verbliebenen Kandidatinnen zu stecken. Wie sie wohl reagieren, wenn sie davon erfahren? Doreen wird am Boden zerstört sein, ich kann mir schon vorstellen, was das für ein Theater gibt, wenn sie erfährt, dass Kevin gar kein Millionär ist. Peggy wird die Einzige sein, der es völlig egal ist, ob Kevin nun eine Million auf dem Konto hat oder nicht. Sie scheint sich wirklich in ihn verliebt zu haben und ich hoffe, dass Kevin sie nicht verletzt.

Mittlerweile ist David wieder von der Bildfläche verschwunden und Kevin steht den drei Mädchen gegenüber um zu verkünden, dass er erstens kein Millionär ist und zweitens für wen er sich entschieden hat. Nun hat die Show auch meine volle Aufmerksamkeit. Wie nicht anders zu erwarten, fällt Doreens schöne Maske, als Kevin verkündet, kein Millionär zu sein. Auch die andere Mitstreiterin sieht ihn ungläubig an, nur Peggy strahlt über das ganze Gesicht. Der Moment seiner Wahl ist gekommen. Wie üblich zieht die Show alles in die Länge und dann, Ewigkeiten später, fällt Peggys Name. Kevin hat sich für sie entschieden.

Maylin strahlt glücklich und auch ich freue mich riesig für die beiden. Am Ende der Sendung werden noch einmal kurze Ausschnitte der vergangenen Tage gezeigt und als ich auf dem Bildschirm erscheine, fühle ich mich seltsam benommen. Es ist ein komisches Gefühl, sich so zu sehen. Dann ist die Sendung auch schon vorbei und ich wünsche Maylin eine gute Nacht. In meinem Zimmer angekommen kuschele ich mich mit einem Seufzer in mein Bett und lösche das Licht. Vor meinem inneren Auge erscheint Davids Bild, wie schon all die Nächte zuvor. Ohne dagegen anzukämpfen lasse ich es zu. Es hat ja doch keinen Sinn und irgendwann werde ich einschlafen. Mittlerweile kann ich damit besser umgehen.

Das restliche Wochenende verbringe ich damit, Maylin zu unterhalten. Wir quatschen über die neueste Mode und spielen Karten. Die Zeit mit ihr geht immer so schnell rum und dann sitze ich schon wieder im Zug Richtung neue Woche.

Ein penetrantes Piepsen reißt mich aus dem Tiefschlaf. Es ist mitten in der Nacht, gut vielleicht früh morgens. Aber es ist Montag, der einzige Tag, an dem ich nicht schon um acht Uhr im Büro sein muss. Ein Blick auf meinen Wecker verrät mir, dass ich noch mindestens vierzig Minuten schlafen kann und jede einzelne Minute will ich auskosten. Ich ignoriere das Piepsen und drehe mich auf die andere Seite. Kaum habe ich die Augen wieder geschlossen, klingelt es erneut. Wütend schnappe ich mir mein Handy und bin versucht, es gegen die Wand zu werfen. Aber im Moment habe ich kein Geld, um mir ein neues zu kaufen, also gehe ich missgelaunt ran: „Was ist los?“

„Ani, hier ist Katy. Du musst sofort aufstehen. Über dich ist ein riesiger Artikel in der Zeitung“, kommt Katys aufgebrachte Stimme vom anderen Ende der Leitung.

„Was, wie? Über mich?“ Ich bin noch komplett neben der Spur und verstehe nur Bahnhof.

„Ja, verdammt. Wenn du nicht schleunigst deinen Arsch zu mir bewegst, kommst du an der Presse nicht mehr vorbei. Die wird jeden Moment vor deiner Tür stehen. Mein Onkel hat mich angerufen… Verdammt, komm hier her!“ Nun brüllt Katy beinahe.

„Was…ich…Also, ich habe keine Ahnung, wovon du sprichst?“ Ich reibe mir den Schlaf aus den Augen und schlage langsam meine Decke zurück.

„Ani, sie wissen es!“

„Wovon sprichst du bitte?“

„Du und David. Sie wissen alles.“

Was meint sie mit ‚alles’? Ich klemme mir mein Handy zwischen Schulter und Kopf und tapse mit frischer Kleidung unterm Arm in mein Bad.

„Wie wissen? Woher und was steht drin?“, will ich nun wissen und ziehe mich nebenher eilig an.

„Glaub mir, dass willst du nicht wissen. Ich habe dir ein Taxi bestellt. Es müsste jede Minute bei dir sein.“ Katys Stimme überschlägt sich beinahe.

Ok, so langsam aber sicher wird mir doch mulmig. Katy ist mehr als aufgebracht, was sich nun auf mich überträgt. Nun klingelt es auch noch an meiner Tür und Katy brüllt in das Handy: „Ist es das Taxi? Falls nicht, mach auf keinen Fall deine Tür auf! Hast du mich verstanden, Ani?“

„Woher soll ich denn das wissen? Warte ich schaue mal nach.“ Ich beuge mich aus dem Fenster und sehe tatsächlich ein gelbes Taxi unten stehen.

„Ja, es ist das Taxi. Ich bin gleich bei dir.“ Bevor Katy noch weiter in das Handy brüllen kann, lege ich auf.

Schnell schnappe ich mir meine Handtasche und eile aus meiner Wohnung. Der Taxifahrer hält mir die Tür auf und kaum habe ich mich auf den Sitz sinken lassen, schießt schon ein Schwarm Autos heran, aus denen eine Horde Fotografen stürmt.

Rasch steigt der Taxifahrer ein und drückt aufs Gas. Dabei wirft er immer wieder einen Blick zu mir in den Rückspiegel und scheint zu überlegen, wer ich bin und warum mir so viel Aufmerksamkeit geschenkt wird. Das Gleiche frage ich mich allerdings auch.

Gute fünfzehn Minuten später erreiche ich Katys Wohnung. Ich kann noch nicht einmal die Klingel drücken, schon wird die Tür aufgerissen und Katy zerrt mich unsanft in ihre Wohnung.

„Erklärst du mir jetzt bitte, was das ganze Theater soll? In einer Stunde muss ich im Büro sein und…“

„Vergiss es.“ Katy blickt sich noch einmal suchend draußen um bevor sie die Tür hinter mir schließt. Für meinen Geschmack hat die Gute zu viel CSI geschaut. Aber ich sage lieber nichts und nehme auf einem Esszimmerstuhl Platz. Wortlos reicht Katy mir eine Tasse mit heißem Kaffee und tippt dann mit ihren pink lackierten Fingernägeln auf den Zeitungsartikel.

Das Erste, was ich sehe, ist ein Bild von David und mir. Ein harmloses Bild, welches am ersten Abend aufgenommen wurde. Ich stehe bei den anderen Mädchen und David unterhält sich mit einem der Mädchen. Ihren Namen habe ich schon wieder vergessen.

In großen roten Lettern steht über dem Bild:

Was läuft wirklich zwischen David und Anisha?

Mit leicht zitternden Händen schlage ich die auf dem Titelblatt angegebene Seite auf und lese mir den Artikel durch:

Wer dachte, Kevin sei ein Millionär, wurde spätestens am Freitagabend eines Besseren belehrt. Die Show hat nicht nur die Zuschauer und Kandidatinnen hinters Licht geführt, auch wurde sie von einem anderen hinters Licht geführt. David, Kevins bester Freund und stiller Berater im Bezug auf die Frauen, hatte seine Finger im Spiel. Während Kevin die Mädchen kennenlernte, vergnügte David sich mit einer der Kandidatinnen und dabei soll es nicht nur beim Küssen geblieben sein. Anisha, die wir bisher nur als schüchterne Person kennengelernt haben, hat sich, während die anderen Mädchen um Kevins Gunst buhlten, mit seinem Freund in einer einsamen Berghütte vergnügt. Was wohl Kevin über seinen besten Freund und Treuetester nun denkt? Zudem wird die Frage aufgeworfen, wer denn nun der wirkliche Millionär ist? Ist es vielleicht sogar David?

Wir dürfen gespannt sein, welche kleinen oder auch großen Geheimnisse noch ans Licht kommen.

Noch einmal lese ich mir den Artikel durch. Bis eben dachte ich, es handele sich um einen bösen Scherz, doch mittlerweile steigt eine unbeschreibliche Wut in mir hoch. Noch nie in meinem ganzen Leben habe ich mich so gedemütigt gefühlt wie in diesem Moment. Noch nicht einmal nachdem David mich nur noch ignoriert hat. Ausgenutzt und ausgespuckt. So komme ich mir vor. Meine Hände zerknüllen die Zeitung. Tränen der Wut und Machtlosigkeit steigen mir in die Augen.

„Ani, ich weiß nicht, was ich sagen soll. Am liebsten würde ich zu diesem arroganten Arsch fahren und ihm mal gehörig meine Meinung geigen. Nur er kann die Story an die Presse verkauft haben." Katy läuft wie ein Tiger in ihrer Wohnung auf und ab.

„Genau das werde ich auch tun. Bitte ruf deinen Onkel an und lass dir Davids Adresse geben“, bringe ich vor Wut angespannt hervor.

„Natürlich. Aber glaub mir, mein Onkel und das ganze Team sind genauso schockiert über den Bericht. Sie können sich vor Presseanfragen kaum noch retten.“

„Ich weiß nicht mehr, was ich noch glauben kann. Doch Eines steht fest: David wird das hier“, ich deute auf den zusammengeknüllten Artikel, „noch reichlich bereuen.“

Den ganzen Tag über habe ich mich in Katys Wohnung verschanzt. Mein Chef ist alles andere als begeistert über den Artikel gewesen. Die Presse hat nämlich herausbekommen, wo ich arbeite und sich vor dem Bürogebäude versammelt. An normale Arbeit ist für meine Kollegen nicht zu denken gewesen. Darüber hinaus hat mich mein Chef noch zu Zwangsurlaub verdonnert und mir deutlich zu verstehen gegeben, dass ich erst wiederkommen sollte, wenn keine weiteren Presseberichte über mich erscheinen.

„Wenn ich wegen diesem Idioten auch noch meine Stelle verliere, dann…“

Katy legt mir ihre Hand auf die Schulter und drückt mich zurück auf den Stuhl. Schon seit Stunden versucht sie ihren Onkel zu erreichen, um an Davids Adresse zu gelangen. Doch die Telefonleitungen des Senders sind überlastet und auch mit seiner Handynummer kommt sie nicht weiter. „Belegt“, stöhnt sie und wirft ihr Telefon auf das Sofa.

„Und jetzt? Was, wenn dein Onkel die Adresse gar nicht herausrückt?“, will ich wissen und greife nach meinem fünften Kaffee an diesem Tag.

„Das lass mal meine Sorge sein.“ Katy hat sich ihr Handy geschnappt und tippt wie wild auf dem Bildschirm herum. „Denkst du die Presse lauert noch vor meiner Wohnung?“

„Mit Sicherheit. Heute Nacht schläfst du hier und morgen fahren wir in aller Frühe zu dir und holen ein paar Sachen“, gibt Katy bestimmend von sich. Mehr als ein Nicken bringe ich nicht heraus. Erst jetzt wird mir klar, dass meine Großeltern und auch meine kleine Schwester mittlerweile den Presserummel um mich mitbekommen haben müssen. Bei dem Gedanken wird mir ganz mulmig.

Zwei Stunden später klatscht Katy begeistert auf den Tisch: „Wir haben ihn.“

„David?“, will ich mit schwerer Zunge wissen. Mittlerweile sind wir von Kaffee auf Wein umgestiegen und ich merke, wie mein Kopf immer schwerer wird.

„Genau“, Katy legt ihr Handy zur Seite und fährt fort, „mein Onkel mag ja ein schmieriger Geselle sein, aber auf ihn ist doch Verlass. Die genaue Adresse von David haben sie leider auch nicht, dafür aber die Adresse seiner Arbeitsstätte.“

„Immerhin“, kommt es leicht lallend aus meinem Mund.

Katy macht sich schon an ihrem Laptop zu schaffen: „Dann wollen wir gleich mal nach einem Flug für dich sehen.“

„Kommst du denn nicht mit?“, will ich verwundert wissen. Irgendwie bin ich davon ausgegangen, dass Katy mich begleitet. Der Gedanke, allein vor David aufzutauchen, behagt mir gar nicht. Katy zur Unterstützung wäre genau das Richtige.

Bedauernd sieht sie mich an: „Süße, ich würde ja gerne, aber mehr Urlaub als den heutigen Tag bekomme ich im Moment leider nicht.“

„Oh.“

„He, aber du schaffst das auch alleine“, spricht sie mir Mut zu, dabei schenkt sie ihre ganze Aufmerksamkeit ihrem PC.

Tatsächlich lande ich zwei Tage später in Montana. Wie schon beim letzten Mal stehe ich in der Ankunftshalle in der Stadt Helena. Mit der kleinen Ausnahme, dass dieses Mal niemand auf mich wartet. Ich bin völlig fertig. Die letzten Tage und Nächte habe ich kaum geschlafen. Nicht nur, dass mir die Presse über mich ziemlich zu schaffen macht. Auch der Gedanke, David gegenüberzutreten, behagt mir nicht. Mit einem kleinen Plumps lasse ich mich auf meinen abgewetzten Koffer sinken und beobachte die Passagiere, die wie fleißige Ameisen an mir vorbei strömen. Stimmengewirr und das Rattern der Kofferrollen ist zu hören.

Hier zu sitzen bringt auch nichts. Los!, befehle ich mir selbst und erhebe mich, wenn auch zögerlich. Völlig planlos steuere ich auf den Ausgang zu. Ich weiß nur, dass ich mir jetzt ein Taxi rufe und mich zu der Adresse, die mir Katy gegeben hat, fahren lasse und David dort einen Besuch abstatte. Wo ich schlafe oder wann ich wieder zurückfliege, darüber habe ich mir noch keinerlei Gedanken gemacht. Zudem muss ich mindestens zwei Tage hier bleiben, weil morgen in ganz Amerika ein Feiertag ist und alle Flüge komplett ausgebucht sind. Aber das war nun mal der einzige bezahlbare Hinflug, den ich bekommen habe.

Draußen winke ich mir ein Taxi heran. Ein freundlich aussehender Mann steigt aus und hilft mir, meinen Koffer in den Kofferraum zu legen. „Wo darf es denn hingehen?“, will er von mir wissen, als er hinter seinem Steuer Platz nimmt. Ich reiche ihm den Zettel mit der Adresse und lehne mich auf meinem Sitz zurück. Während der Mann vom Flughafen in Richtung Stadt fährt, überkommt mich die Müdigkeit und meine Augen fallen immer wieder zu. Ich habe keine Ahnung, wie lange ich geschlafen habe, aber irgendwann räuspert sich der Fahrer leise: „Kindchen, wir sind da.“

„Oh.“ Schnell richte ich mich auf und streiche mir meine Haare glatt. „Vielen Dank.“

Langsam steige ich aus dem Taxi, nehme dem Fahrer meinen Koffer ab und reiche ihm das Geld für die Fahrt. Der Mann nickt mir noch einmal kurz zu, wünscht mir einen schönen Aufenthalt und fädelt sich dann wieder in den Verkehr auf der viel befahrenen Straße ein. Zögernd drehe ich mich um und blicke auf ein riesiges Gebäude, welches sich direkt vor mir befindet. Das moderne Gebäude hat mindestens fünf Stockwerke und seine Fassade besteht zum größten Teil aus Glas. Es ist eines dieser superschicken Gebäude, die man oft in Dubai oder anderen reichen Ländern sieht. Allgemein scheint Geld in dieser Straße keine Rolle zu spielen, denn es ist nicht das einzige Gebäude, welches sich so imposant vor mir auftut. Meine Nervosität steigt und ich spüre, wie sich vor Aufregung meine Rückenmuskulatur zusammenzieht.

„Auf in den Kampf", flüstere ich mir zu und schiebe die schwere Tür Glastür vor mir auf. „Wow", entfährt es mir, als ich das Gebäude betrete. Hier drinnen ist es noch luxuriöser als es von außen den Anschein hat. Ich fühle mich wie in einem Fünf-Sterne-Hotel. Ein großer Springbrunnen ziert die riesige Eingangshalle und bevor mir noch vor lauter Staunen die Augen rausfallen, gehe ich schnell mit meinem Koffer im Schlepptau zum Empfangsbereich, von dem aus ich von einem Mädchen, ungefähr in meinem Alter, neugierig beobachtet werde.

„Hallo, mein Name ist Anisha Severson und ich hätte gerne David Brandon gesprochen", begrüße ich sie. Das Mädchen sieht mich mit ihren dunkelbraunen Augen freundlich an und fährt sich dabei durch ihr kurzes schwarzes Haar: „Ich weiß, wer Sie sind. Ich habe keine der Sendungen im Fernsehen verpasst."

„Oh, ok“, bringe ich überrascht hervor. Noch immer habe ich mich nicht daran gewöhnt, dass mich die Leute erkennen. Wahrscheinlich würden sie das auch nicht, wenn nicht in fast jeder Zeitung mein Bild irgendwo auftauchen würde.

„Ich bin übrigens Liz“, stellt sie sich vor und reicht mir ihre Hand mit den im French Style manikürten Fingernägeln. „Ähm, Ani“, schüttele ich die angebotene Hand und hoffe, dass sie keinen Blick auf meine Fingernägel wirft. Denn die sind alles andere als chic. Kurz, nicht lackiert und entsprechen einfach nicht dem heutigen Standard. „Freut mich.“ Sie wirft einen Blick auf den Koffer hinter mir und mich drängt es, gleich wieder umzudrehen und zu fliehen. Mein Erscheinungsbild und der Koffer passen so gar nicht hier hinein, wo Anzugträger und Damen in Kostümen geschäftig durch die Halle eilen.

„Ebenfalls.“

„Mr. Brandon hat im Moment eine Besprechung. Hast du denn einen Termin?“, möchte Liz wissen und blickt auf ihren Computerbildschirm.

„Termin?“, wiederhole ich das Gesagte. „Nein, ich dachte, dass es möglich wäre, kurz mit ihm zu sprechen. Ich meine…“

Liz schüttelt bedauernd ihren Kopf und auf ihrem hübschen Gesicht erscheint ein kurzes Zögern. „Mr. Brandon ist ein vielbeschäftigter Mann, aber unter den gegebenen Umständen, kann ich dich vielleicht dazwischen schieben“

„Oh Liz, das wäre wirklich toll. Ich bin extra von San Francisco hierhergekommen, um mit ihm zu sprechen.“

„Ja, das habe ich mir gedacht. Fünfter Stock, Chefetage."

„Oh Liz, vielen Dank", bedanke ich mich noch einmal und wäre ihr am liebsten um den Hals gefallen. Sie zwinkert mir zu: „Wir Frauen müssen doch zusammen halten."

„Da stimme ich dir zu." In dem Moment, in dem ich mich umdrehe, sagt Liz noch etwas: „Viel Glück, Ani."

„Danke sehr. Bis später, Liz."

Ich betrete den Aufzug, dessen Kabine komplett aus Glas besteht, und lasse mich in den fünften Stock bringen. Mit klopfendem Herzen und vor Nervosität ganz nassen Händen verlasse ich den Fahrstuhl und gehe mit schnellen Schritten zu einer weiteren Empfangsdame, die mich allerdings weniger freundlich ansieht. Ihr Blick huscht immer wieder zwischen mir und meinem Koffer hin und her.

„Ich glaube, Sie haben sich in der Etage vertan", gibt sie mit gerümpfter Nase von sich.

Ich betrachte ihr perfekt sitzendes, weinrotes Kostüm und ihre hochgesteckten dunkelbraunen Haare. „Das denke ich nicht, Mrs. …?", will ich wissen und gebe mich selbstbewusster, als ich mich eigentlich fühle.

Der Drachen, wie ich sie nenne, will mir den Namen nicht verraten. Stattdessen zieht sie ihre perfekt gezupften Augenbrauen noch höher. „Und zu wem wollen Sie hier?"

„David Brandon. Ich habe einen Termin", antworte ich herablassend. Was diese dumme Pute kann, kann ich schon lange.

„Na, das wollen wir mal sehen." Ihre Hände fliegen nur so über die Tastatur ihres Computers und dann hält sie inne. Ihre Augen weiten sich kurz, dann lässt sie die Luft hörbar raus.

„Sind Sie fündig geworden?“, will ich unfreundlich wissen und klopfe mit den Fingernägeln Ungeduld vortäuschend auf ihren Tresen.

„Nun gut. Dann nehmen Sie doch bitte hier kurz Platz. Ich werde währenddessen mit Liz von der Anmeldung sprechen“, fordert sie mich auf und deutet auf einen schwarzen Ledersessel, der sich links von ihr zwischen einer riesigen Zimmerpalme und einer der wenigen Türen hier oben befindet.

Der Drache greift nach dem Telefon und kaum das er mit telefonieren loslegt, eile ich zu der Tür und öffne sie schwungvoll. Der Drache hält mich sicher nicht davon ab, mit David zu sprechen.

Mit der Türklinke in der Hand und dem Drachen im Genick stehe ich in einem überdimensional großen Büro und blicke auf die drei Herren, die mich nun ihrerseits verwundert ansehen.

Kapitel 12

Stille erfüllt den ganzen Raum. Sechs Augenpaare sind zum Teil verwundert, zum Teil fragend auf mich gerichtet. Ein freundliches Lächeln umspielt die Münder der zwei Männer, die vor dem großen Schreibtisch sitzen. Nur ein Augenpaar sieht mich kalt und düster an. Die Augen sind zu zwei Strichen zusammengezogen und der Mund ist zu einem dünnen Schlitz zusammengepresst. Mir läuft ein Schauer über den Rücken und ich kann nicht anders, als meinen Blick zu senken.

Das Poltern meines Koffers, der nun zu Boden fällt, durchdringt die unangenehme Stille. „Mr. Brandon, es tut mir leid, die Dame hier hat keinen regulären Termin und…“, der Drachen kommt angerauscht und in seiner Stimme höre ich Verzweiflung.

„Das sehe ich.“ Davids kalte Stimme ertönt und im selben Moment scheint der Raum zu gefrieren. David ist alles andere als erfreut mich zu sehen, soviel steht schon mal fest.

„Meine Herren, bitte entschuldigen Sie mich kurz. Ich habe hier ein kleines Problem“, wendet er sich jetzt an die zwei Herren und sieht mich anklagend an.

David nennt mich ein Problem? Bis eben ist die Situation mir sehr peinlich gewesen, doch die Wut, die sich in meinem Bauch gesammelt hat, gewinnt langsam wieder die Oberhand. Mein Kopf fährt hoch und ich blicke auf Davids Gestalt, der nun den zwei Herren die Hände schüttelt.

„Wir machen einen neuen Termin aus, Mr. Brandon“, antwortet der grauhaarige Mann und schenkt mir ein belustigtes Lächeln. Nicht so, dass er sich über mich lustig machen würde, sondern eher, weil ich David aus der Fassung gebracht habe. Neben mir bleibt er stehen und stellt sich vor: „Mr. Miller. Freut mich, Sie kennen zu lernen, Mrs. …?“

„Severson“, bringe ich heraus und schüttele die mir hingehaltene Hand.

„Ich hoffe, wir haben noch öfter das Vergnügen“, gibt er von sich und in seinen glasblauen Augen blitzt der Schalk auf. Bevor ich etwas sagen kann, bringt der Drachen die zwei Herren nach draußen und schließt die Tür. Nun bin ich allein mit David in dem riesigen Büro.

David sitzt hinter seinem Schreibtisch, die Hände zusammengefaltet und sieht mich an, als ob er nicht glauben kann, was eben passiert ist. „Was um alles in der Welt machst du hier?“

„Was ich hier mache?“, bringe ich wütend hervor und stürme auf seinen Schreibtisch zu, um mich auf der Seite, auf der eben noch die zwei älteren Herren gesessen haben, auf der Schreibtischkante mit meinen Händen abzustützen. „Was hast du gemacht? Denkst du etwa, ich nehme die Presseberichte über mich, in denen du mich als Flittchen hinstellst so hin?“

„Wer von uns hat denn die Story an die Presse verkauft? Das bist ja immerhin du gewesen!“ David ist nun ebenfalls aufgesprungen und seine kräftigen Unterarme stemmen sich ebenfalls auf der Tischkante ab. Sein Kopf ist nur noch einige wenige Zentimeter von meinem entfernt und seine Augen funkeln mich angriffslustig an.

„Ha. Das ist ja wohl das Letzte. Nur weil du in einem schicken Büro sitzt und dich aufspielst wie…“

„Wer spielt sich denn hier auf? Du kommst wie eine Furie hier reingestürmt und beschuldigst mich, dass ich dich als Schlampe hinstelle. Du hast doch die Sache mit uns an die Presse verkauft um dein Konto aufzubessern.“ David fährt sich durch sein Haar, um sich gleich darauf wieder vor mir aufzubauen.

Zwischen uns ist nur noch der Schreibtisch und am liebsten würde ich mit meinen Fäusten auf ihn einprügeln.

„Was bildest du dir überhaupt ein? Ich habe der Presse gar nichts verkauft. Ich mag ja nicht in der Chefetage sitzen und einen auf dicken Macker machen so wie du, aber ich habe es nicht nötig, der Presse Stories zu verkaufen!“, zische ich ihm durch zusammengebissene Zähne zu und kann kaum noch an mich halten.

„Aber ich, was? Falls es dir entgangen ist, ich mache nicht auf dicken Macker, mir gehört die Firma hier und ich habe es auch nicht nötig, für ein paar tausend Dollar etwas an die Presse zu verkaufen. Das ist unter meiner Würde. Aber du, du scheinst da ja kein Problem damit zu haben, dich für Geld zu verkaufen.“ David verschränkt nun seine Arme vor seiner breiten Brust und sieht anklagend auf mich herab.

Blitzschnell springe ich um den Schreibtisch bis ich dicht vor ihm stehe. Tränen der Wut laufen mir über die Wangen und ohne sein dominantes Verhalten weiter zu beachten hole ich aus und verpasse ihm eine saftige Ohrfeige. Noch nie hat mich jemand so beleidigt wie dieser Idiot. Meine Hand schmerzt, nachdem sie auf Davids Wange gelandet ist, und obwohl ich zittere und völlig neben mir stehe, hole ich noch einmal aus. Doch dieses Mal ist David darauf vorbereitet und noch bevor meine Hand ein zweites Mal auf seiner Wange mit dem gepflegten Dreitagebart landet, hält er sie mit seiner Hand fest.

„Du schlägst mich nie wieder, verstanden?“, zischt er mir zu und ehe ich mich versehe, zieht er mich an seine breite Brust und presst seine Lippen gierig auf die meinen. Willenlos lasse ich es mit mir geschehen. Seine Lippen, die fordernd auf meinen liegen und seine Zunge, die sich stürmisch in meinen Mund schiebt. Seine Hände, die auf meinem Po zum Liegen kommen und mich so dicht an ihn pressen, dass ich kaum noch atmen kann. Obwohl ich es nicht will, versinke ich in dem leidenschaftlichen Kuss und meine Wut auf ihn verblasst von Sekunde zu Sekunde mehr. Verlangen und Sehnsucht treten an ihre Stelle.

Unter meinen Fingerspitzen, die nun auf seiner breiten Brust liegen, kann ich Davids Herzschlag fühlen. Bilde ich es mir nur ein oder schlägt sein Herz tatsächlich schneller? Mitten in unserem Kuss klingelt das Telefon auf Davids Schreibtisch und er beendet den Kuss widerwillig. Mit einer Hand greift er nach dem Telefon, mit der anderen presst er mich immer noch gegen seinen Körper. Dabei lässt er mich keine Sekunde aus den Augen.

„Ja“, blafft er wütend in den Hörer und es besteht kein Zweifel, dass er nicht gestört werden will.

Während David seinem Gesprächspartner lauscht, beginnt mein Hirn wieder zu arbeiten. Ist es ein Fehler gewesen, ihn zu küssen?!

„In fünf Minuten“, weist er seinen Gesprächspartner an und knallt den Hörer auf den Schreibtisch. Stumm sieht er mich an und ich befreie mich aus seinem Griff.

„Ich…also…“, stottere ich verlegen und bringe einen gewissen Abstand zwischen David und mich.

„Ich sollte jetzt gehen“, bringe ich schließlich hervor und eile zu meinem Koffer, der wie ein Fremdkörper in dem modern eingerichteten Büro wirkt.

Schnell schnappe ich ihn mir und flüchte in Richtung Tür.

„Warte, wo willst du hin!?“, will David wissen.

Ohne ihn noch einmal anzusehen öffne ich die Bürotür und stürme hinaus.

„Verdammt, bleib stehen!“, höre ich Davids wütende Stimme mir hinterher brüllen doch meine Füße tragen mich ganz allein am Drachen vorbei, der mich fragend ansieht, zum Aufzug.

Die Fahrstuhltür springt auf und ich eile hinein. Meinen Kopf lasse ich gegen die Glasscheibe sinken und blicke zu Davids Bürotür. Mein Herz setzt für einen Moment aus, als ich seine Gestalt dort wahrnehme. Seine Augen taxieren mich und sehen auf einmal gar nicht mehr so gefährlich und düster aus. Im Gegenteil. In seinen Augen liegt ein seltsamer Glanz, den ich so schnell nicht mehr aus meinem Kopf bekommen werde. So viel steht fest.

Die Fahrstuhltür schließt sich und bringt mich weg von ihm und seinen Augen.

„Das ist nicht gut! Scheiße, das ist gar nicht gut“, stammle ich vor mich hin. Langsam aber sicher bin ich mir über meine Gefühle für ihn im Klaren. Das was ich für David empfinde, ist mehr als nur eine Schwärmerei. Ich liebe diesen arroganten, mies gelaunten Arsch. Ausgerechnet ihn!

Ohne mich von Liz zu verabschieden, die so viel für mich getan hat, renne ich, so gut es mein Koffer zulässt, aus dem Gebäude hinaus auf die Straße.

Ok. Und jetzt?, frage ich mich selbst. Ich brauche ein Hotel. Katy hat mir versprochen, dass sie sich darum kümmert. Also krame ich das Handy aus meiner Tasche und wähle ihre Nummer.

„Hi Ani. Hast du mit David gesprochen?“, ist Katys erste Frage, noch bevor ich sie begrüßen kann.

„Ja, aber können wir später darüber sprechen? Ich möchte mich nur noch hinlegen. Hast du ein Hotel für mich gefunden?“

Katy schweigt für einen Moment und dann fährt sie fort: „Nun, da gibt es ein Problem. Durch den Feiertag sind alle Hotels restlos ausgebucht. Ich bin gerade auf der Suche, ob es außerhalb von Helena noch ein Zimmer für dich gibt.“

„Nein“, stöhne ich und lasse mich auf meinen Koffer sinken. Kann denn mein Tag noch schlimmer werden? Doch dann kommt mir eine Idee: „Lass gut sein. Ich kenne da ein nettes, kleines Hotel außerhalb von Helena. Vielleicht haben die dort ein Zimmer für mich.“

„Na gut. Aber du meldest dich bei mir.“

„Mach ich. Bis dann, Katy“, verabschiede ich mich, stecke mein Handy zurück in die Tasche und winke mir ein Taxi heran. Die genaue Adresse habe ich nicht, aber nach ein paar Erklärungen weiß die Taxifahrerin, wohin ich möchte.

Erschöpft komme ich nach einer gefühlten Ewigkeit endlich an. Hier hat sich nichts verändert und ich bin froh, dass im Haus Licht brennt. So weiß ich, dass zumindest jemand da ist. Mit meinem letzten Bargeld bezahle ich das Taxi und warte bis es davon braust.

Langsam öffne ich die knarrende Tür und betrete das kleine Hotel. Das schwache Licht beleuchtet nach wie vor nur einen Teil des Hotels. Suchend blicke ich mich um. Kein Mensch ist zu sehen.

„Hallo?“, rufe ich und lasse meinen Koffer zu Boden sinken. Nichts geschieht. Na bravo, soll ich jetzt hier warten bis jemand kommt? Auf der anderen Seite kann ich mir denken, wo die beiden Hotelbesitzer sind. Schließlich bin ich nicht zum ersten Mal hier. Allerdings wäre es doch recht unhöflich, einfach im Haus herum zu spazieren.

Nach weiten zehn Minuten Warten tut sich immer noch nichts. Also gehe ich an der Rezeption vorbei zu der kleinen Tür, die das Hotel mit den Privaträumen verbindet, und klopfe zaghaft an. Ich höre den lauten Fernseher, der durch die Tür schallt. Kein Wunder, dass mich niemand gehört hat. Langsam öffne ich die Tür und da sitzen die beiden.

„Hallo“, verlegen räuspere ich mich.

Die Köpfe der beiden fahren zu mir herum und zuerst sehen sie mich verwundert an. Doch dann scheint die ältere Dame mich zu erkennen, springt auf und drückt mich an sich.

„Anisha. Wie schön, dass du hier bist“, sie schenkt mir ein freundliches Lächeln.

„Ich habe gerufen und gewartet, aber es ist niemand gekommen“, endschuldige ich mich für mein Eindringen.

„Siehst du. Ich sage doch immer, dass der Fernseher zu laut ist“, schimpft sie nun mit ihrem Mann, der gleich nach der Fernbedienung greift, um leiser zu stellen.

„Setz dich. Du hast bestimmt Hunger“, befielt sie mir und deutet auf den Stuhl.

„Also, ich wollte fragen, ob ich trotz des Feiertags für ein, zwei Tage ein Zimmer haben könnte?“

„Aber sicher. Nun setz dich erst einmal und erzähl uns, wie diese seltsame Show gelaufen ist.“ Sie drückt mich leicht auf den Stuhl.

„Nun ja, Sie haben ja bestimmt die Schlagzeilen mitbekommen.“ Ich nehme auf dem Stuhl Platz.

„Nenn mich doch bitte Anna und das hier ist Lou“, stellt sie sich und ihren Mann vor.

Und so beginne ich, während sie mir etwas zu Essen reicht, den größten Teil der Geschichte zu erzählen. Anna hört mir aufmerksam zu und ich fühle mich sehr wohl bei ihr. Auch Lou, ihr Mann nickt mir immer wieder freundlich zu, obwohl er nur mit einem Ohr zuzuhören scheint.

Am Ende meines Berichts legt Anna ihre Hand auf meine und sagt: „Du wirst schon sehen, alles wird gut. Deine Schwester wird wieder gesund und die Sache mit David regelt sich auch.“ Zu gerne würde ich ihr glauben, doch dann ist da immer noch eine Sache, die ich in den letzten Tagen komplett verdrängt habe. Was, wenn ich wirklich von David schwanger bin?

„Komm, mein Mädchen, ich zeige dir dein Zimmer.“ Anna erhebt sich und ich folge ihr.

„Schlaf gut. Morgen sieht die Welt schon wieder ganz anders aus.“ Anna zieht die Vorhänge in dem Zimmer zu. Dieses Mal habe ich ein recht hübsches Zimmer. Es ist gepflegt und besitzt relativ neue Möbel. Zwar ist es immer noch nicht das, was man von einem modernen Hotel erwartet, aber mir gefällt es ganz gut. Ich wünsche ihr ebenfalls eine gute Nacht und als Anna die Tür hinter sich schließt, ziehe ich mich rasch aus und schlüpfe unter die Bettdecke. Erschöpft falle ich schließlich in einen traumlosen Schlaf.

Ausgeruht und völlig zufrieden mit mir und der Welt, wache ich am nächsten Morgen auf. Schon seit Tagen habe ich nicht mehr so gut geschlafen und ich komme nicht herum, mich zu fragen, ob Anna mir gestern Abend irgendetwas in den Drink getan hat.

Unter der Bettdecke strecke ich mich ausgiebig und stehe dann schließlich auf. Durch die zugezogenen Vorhänge dringen die ersten Lichtstrahlen in mein Zimmer. Gut gelaunt schnappe ich mir frische Kleidung und gehe ins Badezimmer, um mich zu duschen.

Eine halbe Stunde später verlasse ich mein Zimmer und begebe mich gut gelaunt nach unten, auf direktem Weg in Annas Küche. Mit einem fröhlichen „Guten Morgen“, reiße ich die Tür auf und würde am liebsten sofort wieder umdrehen. Eigentlich habe ich nur Anna und ihren Mann Lou in der Küche erwartet. Doch auf einem der Stühle sitzt David und blickt mich miesepetrig an. Meine gute Laune ist wie weggeblasen.

„Morgen“, gibt er knapp zurück und unter seinen kühlen blauen Augen haben sich Schatten gebildet. Außerdem steht sein Haar wirr ab, liegt nicht wie sonst fein säuberlich an seinem Platz. Ein paar seiner dunklen Strähnen haben sich in sein Gesicht geschlichen und er trägt lässige

Jeans und ein weißes Sweatshirt, die Ärmel bis zum Ellenbogen nach oben gestülpt.

„Ani, nimm doch bitte Platz und frühstücke mit uns“, fordert Anna mich freundlich auf, während sie eine Pfanne mit Rührei und Speck auf den Tisch stellt.

„Danke Anna, das ist sehr lieb von dir, aber ich glaube, mir ist der Appetit vergangen“, bringe ich hervor und will schon wieder umdrehen, um die Küche zu verlassen. Doch Lou, den ich gar nicht bemerkt habe, steht hinter mir und schiebt mich sanft aber bestimmt an den Tisch. Noch ehe ich mich versehe, sitze ich auf einem Stuhl, David gegenüber. Allein seine Anwesenheit scheint die Küche noch kleiner zu machen, als sie sowieso schon ist. Ich kann kaum atmen. Was vielleicht auch daran liegt, dass er seine Augen immer noch auf mich gerichtet hat.

Verlegen senke ich meine Lider. Unter seinem forschen Blick wird mir noch mulmiger. Ich sehe in den Augenwinkeln, wie sich die beiden Hotelbesitzer zu uns setzen und mit dem Frühstück beginnen. Um nicht unhöflich zu sein, nehme ich mir etwas vom Rührei und ein Brötchen. Mit kleinen Bissen würge ich das köstliche Essen hinunter. Anna und Lou plaudern, um die Stimmung etwas aufzulockern. Doch auch ihnen entgeht nicht, wie David mich ansieht und irgendwann sehe ich, wie Anna Lou mit einem leichten Kopfnicken zu verstehen gibt, ihr zu folgen. Kaum haben die beiden die Tür hinter sich geschlossen, verschränkt David seine muskulösen Oberarme vor der Brust und lehnt sich selbstsicher in seinem Stuhl zurück: „Kannst du mir verraten, was das alles soll?“

„Was genau meinst du und wie hast du mich überhaupt gefunden?“, will ich von ihm wissen und schiebe meinen leeren Teller von mir weg.

„Du quartierst dich bei meiner Tante ein und von ihr muss ich erfahren, dass du hier bist. Was soll das alles, Ani?“

„Deine Tante?“, bringe ich verdutzt hervor.

„Sag bloß, du wusstest das nicht“, gibt er mit einem Seufzer von sich und verdreht leicht die Augen.

„Ich hatte absolut keine Ahnung.“

David fährt sich mit seinen Händen durch das Haar. „Meine Tante ruft mich mitten in der Nacht an und bestellt mich hier her, um die Sache mit dir in Ordnung zu bringen und du wusstest nichts von all dem?“ Seine Hand zeigt auf die Reste des herrlichen Frühstücks.

„Nein“, bestätige ich ihm und sehe in seine Augen.

„Ok“, mehr sagt er nicht, schnappt sich seine Kaffeetasse und nimmt einen großen Schluck.

„Warum hast du die Sache mit uns an die Presse verkauft?“, will ich nun mit ruhiger, aber leicht zitternder Stimme von ihm wissen.

Davids Blick, der eben noch auf die Kaffeetasse in seiner Hand gerichtet gewesen ist, blickt nun hoch, direkt in meine Augen. „Denkst du das wirklich von mir?“

Meine Schultern zucken leicht nach oben.

„Nur damit du es weißt, die Sache mit uns… also das weiß niemand. Nicht einmal Kevin. Er ahnt zwar etwas, aber ich habe ihm nichts gesagt.“ Zum ersten Mal wirkt David nicht so selbstsicher wie sonst.

„Wirklich?“

„Anisha, du magst mich vielleicht für den größten Idioten im ganzen Weltall halten, aber so etwas habe ich nicht nötig.

„Oh, ok“, ich kann ihm wirklich nicht ins Gesicht lügen und sagen, dass ich ihn für keinen Idioten halte, zumindest was den Umgang mit Frauen betrifft.

„Wenn ich es nicht gewesen bin und du auch nicht, wer ist es dann gewesen?“ David wendet den Blick von mir ab.

„Nun ich… Also ich habe es Peggy erzählt, weil sie dachte, dass ich auf Kevin stehe und nur hinter seinem Geld her wäre“, gebe ich leise zu.

David gibt ein verächtliches Lachen von sich.

„Aber ich kann mir wirklich nicht vorstellen, dass es Peggy gewesen ist“, versuche ich mich selbst zu überzeugen.

„Ok, wie dem auch sei, heute Abend schmeißt Kevin eine Party und Peggy wird auch dort sein. Vielleicht sollten wir zusammen hingehen und sie darauf ansprechen."

„Ok“, stimme ich ihm zu.

„Gut, dann hole ich dich um 21 Uhr ab.“ Langsam erhebt sich David.

„Ich kann mir auch ein Taxi bestellen, gib mir einfach die Adresse und…“ Weiter komme ich nicht, denn David wirft mir einen vernichtenden Blick zu.

„Wenn ich sage, ich hole dich ab, dann tue ich das auch. Keine Widerrede.“ Und wieder einmal kommt der herrische Macho zum Vorschein. Noch bevor ich widersprechen kann, stapft David aus der Küche und wirft die Tür hinter sich zu.

Kapitel 13

David hat mich tatsächlich auf die Minute genau abgeholt. Ich frage mich immer noch, ob ich zu gestylt bin. Da mir David nicht gesagt hat, um was für eine Party es sich handelt, habe ich mich einfach in ein schwarzes Stretchkleid gezwängt, das knapp über meinem Po endet. Das Kleid ist rückenfrei, aber sonst sehr dezent. Ein Geschenk von Katy, die es von ihrem Ex-Freund zu Weihnachten geschenkt bekommen hat, der es zum einen zu eng ist und zum anderen nicht ganz zu ihrem Kleidungsstil passt. Zum Glück hat sie mich gezwungen, es einzupacken. Für den Fall der Fälle. Welcher jetzt eingetreten ist. Ich bürste mir noch einmal durch das Haar und blicke in den Spiegel. Zufrieden mit meinem dezenten Make-Up verlasse ich das Zimmer.

Während David den Wagen geschickt durch die Straßen lenkt, werfe ich ihm einen Blick zu. Er trägt eine dunkle Jeans und ein schwarzes Hemd. Ich muss gestehen, in dieser Kleidung gefällt er mir am Besten. Der oberste Knopf seines Hemdes ist offen und lässt einen verführerischen Blick auf die Kuhle am Hals zu. So dicht neben ihm, kann ich den herben Duft seines Aftershaves riechen, der mir beinahe die Sinne vernebelt. Aber das hier ist kein Date, es ist einfach ein Treffen, um die Dinge zu klären, die uns im Moment einen normalen Tagesablauf unmöglich machen. Schnell wende ich meinen Blick von ihm ab und konzentriere mich auf die gedämpfte Musik aus dem Radio. David hat seine Augen auf die Straße gerichtet und schweigt wie ein Grab. Die Stille macht mich nervös und ich hoffe, dass wir bald da sind.

Etwa fünfzig Minuten später halten wir vor einem schicken, gemütlich aussehenden Häuschen.

„Hier wohnt Kevin?“, will ich wissen und blicke über den großen Garten, der sich neben uns erstreckt.

„Ja. Kevin besitzt eine kleine Firma“, klärt David mich auf und steigt aus seinem Wagen.

„Oh“, langsam, um den Gästen, die im Garten stehen, keinen Blick auf mein Höschen zu gestatten, steige ich ebenfalls mit eng aneinander liegenden Beinen aus dem Auto. Fragende Blicke werden uns zugeworfen, doch David scheint das alles nicht im Geringsten zu interessieren. Hier und da wird er von den etwa vierzig Gästen gegrüßt die sich im Garten versammelt haben und lautstark unterhalten. Gedämpfte Musik klingt durch die warme Sommernacht.

„Ani!“, höre ich plötzlich Peggy lautstark rufen und ehe ich mich versehe, werde ich stürmisch umarmt.

„Peggy.“ Ich umarme sie ebenfalls.

„Was machst du denn hier? David hat uns gar nicht verraten, dass du mitkommst.“ Peggy scheint ganz aus dem Häuschen zu sein und zieht mich hinter sich an den anderen Gästen vorbei in Richtung Haus.

Drinnen sind noch einmal eine handvoll Gäste, die das italienische Büffet plündern. Kevins Haus ist gemütlich eingerichtet und wirkt liebevoll. An den cremefarbenen Wänden hängen einige Fotos und die Möbel scheinen wild zusammengewürfelt. Kevin mag Holz, was sich nicht nur an den Möbeln widerspiegelt, sondern auch an der Holzdecke und dem hellen Holzboden. Große Glasfenster spenden bei Tageslicht genügend Licht. Cremefarbene Raffrollos sind zur Hälfte herunter gelassen. Bevor ich mich weiter umsehen kann zieht mich Peggy mit sich.

„Kevin, schau mal, wen ich hier habe!“ Peggy kreischt beinahe.

Kevin, der sich gerade mit einem Mann in seinem Alter unterhält, sieht zu uns rüber und seine Augen werden vor Überraschung, mich zu sehen, ganz groß.

„Ani“, bringt er freudig hervor und kommt zu uns herüber, um mir zwei Küsschen auf die Wange zu drücken.

„Hi Kevin“, begrüße ich ihn und schenke ihm ein freundliches Lächeln. Wir plaudern kurz und dann entschuldigt Kevin sich, um sich mit den anderen Gästen zu unterhalten.

„Komm, ich will wissen, wie es dir geht.“ Peggy zieht mich auf ein Sofa im Kaminzimmer. Wir nehmen Platz und dann beginnt sie mit ihrer Erzählung. Peggy und Kevin sind tatsächlich zusammen. Peggy hat ihre Zelte in Santa Barbara abgebrochen und sucht momentan eine Arbeitsstelle hier in Helena.

"Du hast alles aufgegeben?", will ich neugierig von ihr wissen.

Peggy nickt: "Ja, es ist verrückt aber ich spüre einfach, dass Kevin der Mann meines Lebens ist."

Ich frage mich, wie Peggy in der kurzen Zeit, in denen die beiden sich nun kennen, ihr früheres Leben einfach aufgeben kann? Peggy muss wohl gesehen haben, was mir durch den Kopf geht denn schnell fügt sie hinzu: "Ich bin einfach kein Typ für eine Fernbeziehung und Kevin geht es genauso. Er wäre auch zu mir gezogen, aber durch seine Firma ist das unmöglich."

Unbegreiflich?, denke ich und greife nach dem Wasserglas, das Peggy mir eingeschenkt hat.

„Nun aber zu dir. Warum bist du hier? Du und David, seid ihr zusammen? Das ist so toll, ich wusste doch, dass er auf dich steht und…“

„Nein, nein“, unterbreche ich sie, „ich bin hierher gekommen, um David auf die Sache mit der Presse anzusprechen. Du hast bestimmt die ganzen Schlagzeilen über uns gelesen.“

Auf Peggys Gesicht huscht ein Schatten und ihre Laune, die bis eben noch so fröhlich war, verdüstert sich.

„Alles ok?“, will ich wissen und greife nach ihrer Hand.

Peggy sieht zu Boden. „Das alles ist meine Schuld.“

„Wie meinst du das?“, will ich von ihrem Geständnis überrascht wissen.

„Nun, ich habe mich fürchterlich mit Doreen gestritten, weil sie sich wieder einmal an Kevin und David rangemacht hat. Dann, als du die Show verlassen musstest, hat sie sich über dich ausgelassen und ich habe ihr die Meinung gegeigt. Das sie falsch ist und… na ja… dabei ist mir rausgerutscht, dass du und David, dass ihr was miteinander hattet.“

„Du bist das gewesen?“ Ich kann nicht leugnen, wie schockiert ich bin.

„Ja, und es tut mir fürchterlich leid. Ich habe nicht gewusst, dass Doreen sich in die Show eingeschlichen hat, um über die Show einen Artikel zu schreiben. Das alles habe ich erst später von Kevin erfahren und…“

„Moment“, meine Hände wehren das Gesagte ab, „Doreen arbeitet für eine Zeitung?“

„Ja, hat dir David das nicht erzählt? Ich dachte, du weißt…“ Peggy bricht den Satz ab und sieht mich schuldbewusst an.

„Moment. Kevin und David haben davon gewusst?“ Ich fühle mich wie in einem schlechten Film. Nicht nur, dass Doreen uns alle ausspioniert hat, um an eine Story zu kommen. David und Kevin scheinen davon gewusst zu haben?

Peggy kaut angespannt auf ihrer Unterlippe herum und nickt.

„Das ist doch ein Scherz. Sag mir, dass das nicht wahr ist!“ Meine Stimme überschlägt sich förmlich.

„Ja, Doreen hat David und Kevin wohl in ihr Vorhaben eingeweiht. Ich bin am Anfang auch ziemlich sauer auf Kevin gewesen, aber ich…“

„Mehr muss ich nicht wissen.“ Mit diesen Worten bringe ich Peggy zum Schweigen, die mich nun ansieht, als ob sie das Gesagte am liebsten nie ausgesprochen hätte. „Ani, es tut mir leid.“

Obwohl ich gerade im Moment nicht weiß, was ich denken oder fühlen soll, glaube ich Peggy, dass es ihr leid tut.

„Hast du etwas Starkes zu trinken?“ Ich brauche jetzt unbedingt etwas um meinen Schock herunterspülen zu können, bevor ich David zur Rede stelle.

„Klar.“ Peggy springt auf, wahrscheinlich froh, etwas tun zu können, geht zu einem Schrank und kommt mit zwei Gläsern und einem teuer aussehenden Schnaps zurück. Peggy schenkt die Gläser randvoll und reicht mir eines.

„Danke." Mit einem Zug leere ich das Glas. Die Flüssigkeit brennt in meinem Mund, die Kehle zu meinem Magen hinab und hinterlässt dort eine angenehme Wärme.

Es schmeckt nicht sonderlich gut, aber es scheint meine verwundete Seele für einen Moment zu heilen. Doch der Schmerz über mein ausgenutztes Vertrauen kehrt augenblicklich wieder zurück und ich halte Peggy mein Glas erneut hin, um es wieder auffüllen zu lassen. Doch bevor die Flasche mein Glas berührt, entziehe ich es ihr wieder. Mich sinnlos zu betrinken löst meine Probleme auch nicht.

Ich habe keine Ahnung, wie lange wir hier schon in dem Kaminzimmer sitzen und uns anschweigen.

„Wir sollten zu den anderen zurückgehen", stellt Peggy irgendwann fest. Obwohl ich absolut keine Lust habe, folge ich ihr am Büffet vorbei und schnappe mir noch einen Spieß mit schokoladeüberzogenen Früchten.

Kevin, der unsere Abwesenheit als Einziger bemerkt hat, schenkt uns ein fröhliches Lächeln als er uns erblickt. Mein Gesicht verzieht sich zu einer Fratze, denn ich bin auch auf ihn sauer, weil er das ganze Spiel mitgespielt hat. Während er Peggy etwas ins Ohr flüstert und sie ihm dann etwas erzählt, gesellt sich ein junger Mann zu mir. Er hat kurzes dunkelblondes Haar und seine grünen Augen mustern mich neugierig: „Hi, ich bin Max."

„Ani, hi", stelle ich mich vor und er greift nach meiner Hand, um einen zarten Kuss auf meinen Handrücken zu hauchen.

„Wow, ein Gentleman." Noch immer hält er meine Hand fest.

„Bei einer so schönen Frau. Darf ich dich auf einen Drink einladen?“, grinst er mich spitzbübisch an. Dabei strahlen seine Augen und seine warme Hand legt sich auf meinen nackten Rücken. Sanft schiebt er mich in Richtung Bar. Ich lasse mich auf einen Barhocker neben Max nieder, wobei ich unauffällig mein kurzes Kleid etwas nach unten zupfe. „Was möchtest du trinken?“, will er wissen und winkt den Barkeeper zu uns.

„Ich lasse mich überraschen“, dabei zwinkere ich ihm zu.

Max bestellt zwei Drinks, deren Namen ich noch nie gehört habe und kurz darauf werden zwei Gläser mit einer roten Flüssigkeit vor uns abgestellt.

„Auf die schönste Frau des Abends“, lächelt er, beugt sich zu mir vor und wickelt sich eine meiner Haarsträhnen um seinen Finger. Ich genieße es, dass Max so offensiv mit mir flirtet. Er ist attraktiv, wenn auch kein Vergleich zu David, aber ich hatte schon weniger gut aussehende Flirtpartner.

Während wir an unseren Drinks schlürfen, spielt Max mit meinen Haaren und rückt immer näher zu mir. Unsere Knie berühren sich und er legt eine Hand auf die Haut meines überschlagenen Beines.

„Und du bist ganz alleine hier?“, will er wissen und sein Finger zieht mich an meiner Haarsträhne zu sich.

Gerade möchte ich antworten, als ich spüre, wie sich jemand hinter mir aufbaut.

„Sie ist mit mir hier“, erklingt Davids tiefe, düstere Stimme hinter mir. Max lässt augenblicklich meine Locke los und sieht mich fragend an.

Ich verdrehe die Augen greife nach Max' Hand, die sich von meinem nackten Oberschenkel löst. Max scheint nicht zu wissen, wie er sich verhalten soll. Immer wieder wandert sein Blick zwischen David und mir hin und her.

„Ich bin nur mit dir hergefahren", antworte ich der Person in meinem Rücken und ignoriere das tiefe Grollen, das in diesem Moment aus deren Kehle dringt. Ich habe keine Ahnung, was plötzlich los ist, doch Max hebt abwehrend die Hände hoch und sagt: „Ich hatte keine Ahnung, David."

Und dann ist er weg. Blitzschnell ist Max von seinem Barhocker gesprungen und geht hastig davon.

„Sag mal, bist du noch ganz dicht?", fahre ich David an und drehe mich um meine eigene Achse, um David wütend anzusehen.

„Du lässt dich von dem Typen befummeln?", klagt er mich an und seine Augen sind wütend zusammengekniffen. Noch wütender als sonst, wenn das überhaupt möglich ist. An seinem Hals kann ich die Adern deutlich pulsieren sehen und es besteht kein Zweifel, dass David den dringenden Wunsch hegt, die ganze Bar in Kleinholz zu zerlegen.

David kommt noch näher auf mich zu und hält meine überkreuzten Beine mit seinen gefangen. Er steht nun so dicht vor mir, dass ich seinen Atem auf meinem Gesicht spüren kann. Seine Jeans reibt an meinen nackten Oberschenkeln und seine Hände stützen sich hinter mir an der Theke ab. Ok, für jeden anderen mag das wirklich verdammt heiß aussehen, so in Beschlag genommen zu werden. Auch wenn mein verräterisches Herz und meine

Hormone das Ganze sehr anziehend finden, mein Gehirn tut es nicht.

„Verdammt, geh runter von mir“, fauche ich ihn an.

„Ich sitze noch nicht mal auf dir drauf“, gibt er kalt zurück.

„Dann lass mich los! Was soll das alles?“

„Du lässt dich von wildfremden Typen befummeln?“, wiederholt er seine Frage von vorhin.

Mittlerweile haben sich ein paar Gäste um uns versammelt und sehen uns neugierig an. Einige von ihnen werden wohl denken, dass David mich gleich hier an Ort und Stelle vernascht.

„Und wenn schon? Was geht es dich an?“, spucke ich ihm die Worte förmlich entgegen.

„Eine ganze Menge. Du gehörst mir, verstanden? Und ich will nicht, dass sich schmierige Finger an dir vergreifen!“, flüstert er mir gefährlich nahe an meinem Ohr zu.

Ein kalter Schauer läuft mir über den Rücken und das, obwohl Davids ganze Gestalt sich wie ein Ofen vor mir auftut.

„Ich gehöre niemandem und schon gar nicht dir! Außerdem, schmieriger als deine Finger können ja kaum welche sein“, gebe ich verächtlich zurück.

„Komm mit“, befiehlt er mir und zieht mich unsanft von dem Barhocker. Seine Hand krallt sich in meinen Oberarm und schiebt mich an den verdutzt dreinschauenden Gästen vorbei.

David steuert direkt auf sein Auto zu und wirft mich beinahe auf den Beifahrersitz. Mit eiligen Schritten kommt er um seinen Wagen herum und nimmt neben mir Platz. Ohne ein weiteres Wort startet er das Auto und braust mit höllisch schneller Geschwindigkeit die Straße entlang. Trotzig verschränke ich meine Arme vor der Brust und schaue aus dem Fenster, den an uns vorbei fliegenden Lichtern hinterher.

Wir fahren verdammt schnell und im Spiegel der Fensterscheibe kann ich sehen, wie Davids Hände das Lenkrad so fest umklammern, dass die Haut an seinen Knöcheln ganz weiß hervortritt.

„Wohin bringst du mich? Das ist nicht der Weg zu meinem Hotel“, will ich wissen.

„Zu mir.“ Zwei knappe Wörter, die mein Blut in Wallung bringen.

„Ich will aber nicht zu dir“, gebe ich trotzig zurück.

„Das ist mir scheißegal.“

„Sag mal, bist du noch ganz dicht? Du wendest jetzt sofort den Wagen, du verdammter Idiot!“

David ignoriert mich einfach. Ist das zu fassen?

Tränen der Wut laufen mir über die Wangen, als David schließlich das Tempo drosselt und vor einem massiv aussehenden Tor hält und auf die Fernbedienung in seinem Auto tippt. Das Tor springt auf und David fährt die Auffahrt entlang. Vor einer riesigen, düster aussehenden alten Villa hält er an und steigt aus dem Wagen. Er kommt um das Auto herum und zieht mich unsanft am Ellbogen aus dem Auto.

„Mann, das tut weh!“, zische ich ihn an und versuche meine Tränen hinunterzuschlucken. Was hat er vor? Langsam bekomme ich es doch ein wenig mit der Angst zu tun. Was, wenn sich hinter Davids kühler Fassade ein Psychopath verbirgt, der Frauen gefangen nimmt und sie schließlich ermordet?

Ok, vielleicht geht jetzt wirklich meine Fantasie mit mir durch, aber geheuer ist mir das alles nicht. Der Griff um meinen Ellbogen wird etwas gelockert und doch schiebt er mich weiter auf die Tür der Villa zu und öffnet sie. Ohne das Licht anzumachen, schiebt er mich an verschieden Türen vorbei und öffnet schließlich eine. Es ist so dunkel, dass ich nicht einmal meine Hand vor den Augen sehen kann. Ich muss mich komplett auf David verlassen.

In dem Raum, in dem wir jetzt sind, schaltet er das Licht ein. Verwundert schaue ich mich um. Wir befinden uns in einem großen Wohnzimmer, das modern und stilvoll eingerichtet ist. Doch selbst das gedimmte Licht lässt den Raum nicht freundlich wirken. Obwohl alle der Designer-Möbelstücke aufeinander abgestimmt sind, wirkt der Raum kalt und wie ein Ausstellungsraum in einem Möbelhaus. Kein einziges Bild von David, seiner Familie oder Freuden ziert das Zimmer. Lediglich ein Bild von Kandinsky, das über dem braunen Ledersofa hängt, schmückt die Wand. Keine Pflanzen, keine sonstige Dekoration. Nichts. Würde die aufgeschlagene Fernsehzeitung mit aktuellem Datum nicht auf dem Glastisch liegen, wäre ich mir sicher, dass hier niemand seine Zeit verbringt.

„Setz dich", befiehlt er mir und aus Angst, wieder geschubst zu werden gehorche ich.

Ich nehme auf dem dunkelbraunen Ledersofa Platz und blicke zu David, der sich vor einem der bodenlangen Fenster positioniert hat. Teilnahmslos blickt er durch das Glas und verschränkt die Arme ineinander.

So wie er da steht, mit hängenden Schultern und gesenktem Kopf, wirkt er schutzlos, ja fast zerbrechlich.

Schutzlos? Zerbrechlich? Bist du noch ganz dicht? Der Typ hat dich entführt und du hast Mitleid mit diesem Idioten?, scheltet mich meine innere Stimme.

Ich wische mir eine Träne ab und räuspere mich, bevor ich ihn frage: „David, warum hast du das alles getan? Warum hast du mir nicht gesagt, dass Doreen für die Presse arbeitet?“

David richtet sich auf und die verletzte Gestalt, die eben noch am Fenster stand, ist plötzlich wieder erstarkt: „Woher weißt du es?“

„Peggy. Sie hat Doreen im Streit das mit uns erzählt. Warum hast du mich so verarscht? Warum trampelst du derart auf meinen Gefühlen herum?“

Davids Schultern sacken wieder nach vorne. „Ich wollte dich beschützen. Deswegen musstest du gehen. Ich wollte nie, dass du dir ausgenutzt vorkommst und du weiter für diese Show zum Narren gehalten wirst. Erst recht nicht, als ich die Gründe erfahren habe, wieso du an dieser Show teilgenommen hast.“

Hörbar atme ich aus: „Du weißt es?“

David nickt.

„Dann hast du mich rausgeworfen, um mich vor der Presse zu schützen?“, will ich wissen.

„Ja, dich und deine Familie. Aber als die Sache mit uns dann ans Licht gekommen ist und dazu noch die Tatsache, dass ich der Millionär bin… da… ach verdammt.“

„Du bist der Millionär?“ Kann es denn noch mehr Überraschungen geben?

„Ja. Erzähl mir jetzt bitte nicht, du bist hier hergekommen ohne es zu wissen?“, David dreht sich um und blickt mich mit seinen tiefblauen Augen an.

„Nein, bis eben hatte ich absolut keine Ahnung. Deswegen ist dein Büro auch in der Chefetage?“ Ungläubig sehe ich ihn an.

„Ich habe dir doch gesagt, dass die Firma mir gehört.“

„Ja, aber, na ja, irgendwie habe ich es wohl nicht so recht kapiert. Ich meine“, ich mache eine wegwerfende Handbewegung, „ich war total übermüdet und überfordert dich wiederzusehen und…“

„Mich wiederzusehen?“, hakt David nach.

„Hm“, ich kaue auf meiner Unterlippe herum. Im Moment ist wohl der falsche Zeitpunkt, David meine Liebe zu gestehen. Schließlich weiß er, dass ich nur an der Show teilgenommen habe, um Geld zu bekommen.

„Wieso hast du überhaupt an der Show teilgenommen?“, versuche ich das Thema wechseln.

„Weil ich sehen wollte, ob es eine Frau gibt, die sich auch in den besten Freund des Millionärs verlieben könnte. Ich wollte sehen, ob es eine Frau gibt, die nicht nur am Geld interessiert ist, sondern an der Person, die hinter dem Geld steckt.“ David steht immer noch vor mir und sieht mich mit seinen Augen aufmerksam an.

„Und du bist enttäuscht worden?“, will ich kleinlaut wissen.

„Ich weiß nicht, sag du es mir.“ David sieht mich an und in seinen Augen liegt etwas, dass ich noch nie zuvor darin gesehen habe. Unsicherheit, Angst und ein Funke Hoffnung.

„Ich…also…ich“, stammle ich vor ich hin. Sein Blick hält mich gefangen und langsam erhebe ich mich.

„Würdest du mir denn glauben? Ich meine, jetzt, wo du weißt, dass meine Schwester schwerkrank ist, mein Vater ein Alkoholiker und ich“, ich deute an mir hinab, „das hier bin?“

David schweigt. Es ist eine endlose Stille, die sich um uns herum einschleicht und nur mein wild pochendes Herz ist zu hören.

„Schau mich an, ich passe nicht in deine Welt, die vor Geld und Macht nur so strotzt. Ich bin ein einfaches Mädchen, mit einer Bürostelle und einer winzigen Wohnung. Mein Geld reicht gerade einmal, um jeden Monat die Miete und etwas zu Essen zu bezahlen. Du hingegen lebst hier, in dieser Villa, und hast alles, wovon andere nur träumen können.“ Ich wende meinen Blick ab. Es hat ja doch keinen Sinn. Auch wenn ich David liebe, wie soll ich jemals in seine Welt passen? Es würde nicht gut gehen.

„Was weißt du denn schon von meinen Träumen? Denkst du wirklich mit Geld kann man sich alles kaufen?“ Dann fügt er noch ganz leise hinzu: „Seltsamerweise habe ich nicht mit dieser Antwort gerechnet.“

Sein Gesicht ist zu einer schmerzverzerrten Maske erstarrt. Hat ihn meine Antwort wirklich so sehr verletzt? Kann es wirklich sein, dass dieser Macho doch Gefühle hat?

Langsam gehe ich einen Schritt auf ihn zu. „David, ich…“ Mit meiner Hand berühre ich seine Wange und er schmiegt sich leicht dagegen. Wie ein zahmer Kater.

Er schließt die Augen und scheint diese einfache Berührung mehr als zu genießen. Ob es an der späten Uhrzeit liegt, dass ich meinen ganzen Mut aufbringe oder an dem Stoßgebet zum Himmel, um von den Göttern Gnade zu erwarten, weiß ich nicht genau. Doch ich stelle mich auf die Zehenspitzen und berühre mit meinen Lippen die seinen. Schüchtern taste ich mit meinen Lippen seinen Mund ab und lege meine freie Hand in seinen Nacken. David schmeckt so gut und in meinem ganzen Leben will ich nie wieder einen andern Mann küssen. David weicht nicht zurück. Er bleibt stehen. Seine Hände hängen leblos an ihm hinab und ich schicke eine stumme Bitte an ihn, seine Hände auf meinen Rücken oder an eine andere Stelle meines Körpers zu legen. Ich will seine Hände auf mir spüren. Mein Körper drängt sich an ihn und endlich scheint auch er aus seiner Starre zu erwachen. Sanft legt er seine Arme um mich, eine Hand auf mein Rücken, die andere auf meinen Po. Langsam schiebe ich meine Zunge in seinen Mund und unsere Zungen spielen sanft miteinander. In dem Kuss liegt so viel mehr als die Male zuvor. Das kann ich deutlich spüren. Sanft streichelt seine Hand auf meinem nackten Rücken auf und ab. Es ist eine Berührung, die kaum zu spüren ist, aber mich doch von Kopf bis Fuß in wohlig warme Watte packt.

„Bleib bei mir“, flüstert er zwischen zwei Küssen und mein Kopf stimmt seiner Bitte nur zu gerne zu.

Am nächsten Morgen wache ich ausgeruht in einem weichen, übergroßen Bett auf. Neben mir höre ich Davids gleichmäßiges Atmen. Ich blinzle ein paar Mal, um mich an das helle Licht, das durch die Jalousie in Davids Schlafzimmer fällt, zu gewöhnen. Neugierig lasse ich meinen Blick durch den Raum gleiten. Ein geschmackvoll eingerichtetes Schlafzimmer mit allem Komfort, den das Herz begehrt. Meine Kleidung liegt auf dem Sessel gegenüber von Davids Bett, neben seiner Boxershorts und diversen anderen Stücken.

„Guten Morgen“, vernehme ich Davids tiefe Stimme neben meinem Ohr und seine Hand wandert im selben Augenblick über meinen nackten Bauch hinauf zu meiner Brust.

„Morgen.“

„Na, gut geschlafen?“, will er wissen und zieht mich noch näher zu seinem nackten Körper.

„Himmlisch, und selbst?“, frage ich zurück und schmiege meinen Rücken näher an seinen Bauch.

„Wunderbar. Die Nacht war ganz berauschend, Mrs. Severson.“

„Da stimme ich ihnen ausnahmsweise einmal zu, Mr. Brandon.“

„Wollen wir dann dort weitermachen, wo wir aufgehört haben?“

Auf meine Antwort wartet er gar nicht, denn schon zieht er mich auf sich und bedeckt mein Gesicht mit endlos vielen Küssen.

Das ganze Wochenende über bleibe ich bei David. Aus dem gefühllosen Arsch ist ein leidenschaftlicher und witziger Mann geworden. Nachdem wir irgendwann aus dem Bett gestiegen sind, hat er mir eine Hausführung gegeben und danach sind wir auf seinem riesigen Grundstück spazieren gewesen. Damit Anna sich keine Sorgen macht, habe ich bei ihr angerufen und ihr gesagt, dass ich das

Wochenende bei David bleibe. Seltsamerweise ist sie davon überhaupt nicht überrascht gewesen.

Es ist Sonntagmittag und mit einem verträumten Lächeln auf den Lippen sehe ich David zu, wie er in seiner edlen Küche steht und mit den Pfannen herumwerkelt.

„Kann ich dir wirklich nicht helfen?“, will ich wissen, als er dabei ist, Gemüse klein zu schneiden.

„Nein, ich bekomme das hin“, versichert er mir.

„Und deine Finger bleiben auch wirklich dran?“

„Ich passe schon auf.“

„Na gut.“

Kurze Zeit später sitzen wir in seinem Esszimmer und ich muss zugeben, David kann wirklich gut kochen. Auch wenn das Gemüse etwas zu dunkel geraten ist, ist seine Kreation super lecker. Während wir essen, muss ich ihn immer wieder ansehen. Ich kann es einfach nicht glauben, dass ich hier bei ihm sitze und sich das, was zwischen uns ist, so gut anfühlt. Verliebt grinse ich vor mich hin, als er fragt: „Was hast du denn für morgen geplant?“

„Nichts Konkretes, aber ich sollte mich langsam nach einem Rückflugticket umsehen. Schließlich kann ich nicht ewig hier bei dir bleiben.“

„Warum nicht? Du störst mich nicht, ich mag es, wenn du bei mir bist.“

Wow, hat er das eben wirklich gesagt? Mein Herz macht einen erfreuten Satz und ich grinse noch dümmlicher, als ich es ohnehin schon tue.

„Wirklich? Ich gehe dir noch nicht auf die Nerven?“

„Nein, im Gegenteil. Das Haus ist so groß und alleine fällt einem die Decke auf den Kopf.“ David sieht mich an und ein leichtes Lächeln umspielt seinen Mund.

„Na gut, wenn das so ist. Ich habe noch ein paar Tage frei und Zuhause wartet außer der Presse niemand auf mich. Aber ich sollte meine Sachen bei Anna holen, schließlich kann ich nicht den ganzen Tag so herum laufen.“ Ich deute an dem übergroßen T-Shirt, welches David mir geborgt hat, hinab.

„Schade, du gefällst mir verdammt gut darin. Doch wenn ich es mir recht überlege, siehst du nackt noch viel schöner aus.“

Ich spüre, wie ich bei seinem letzten Satz vor Verlegenheit ganz rot werde.

„Ich lasse deine Sachen holen“, sagt er kurz darauf und wir essen in aller Ruhe weiter.

Kapitel 14

Die Tage vergehen für meinen Geschmack viel zu schnell. Während David früh morgens zur Firma aufbricht, bleibe ich in seiner Villa und entspanne mich in seinem Hallenbad oder auf dem Sofa. Die Hälfte meiner verbleibenden Tage ist nun um und wie jeden Nachmittag warte ich nur auf Davids Rückkehr.

Mir fällt noch die Decke auf den Kopf, denke ich, als ich gelangweilt die neuste Klatschseite durchlese. Mittlerweile hat die Presse das Interesse zum größten Teil an uns verloren. Ich bin froh, mich nicht jeden Tag auf der Titelseite wieder zu finden. Mein Blick schweift durch das Wohnzimmer. Zwar ist es recht angenehm auf dem Sofa herumzulungern, aber so recht wohl fühle ich mich in Davids Haus nicht. Und dann kommt mir die zündende Idee. Ich bestelle mir ein Taxi und lasse mich zum nächsten größeren Blumenladen bringen.

Mit einem voll beladenen Wagen schlendere ich durch das scheinbar unerschöpfliche Angebot an Pflanzen. Immer wieder vergewissere ich mich, dass ich auch wirklich genügend Geld dabei habe. Auch wenn dieser Einkauf ein großes Loch in meinen Geldbeutel reißt, der Gedanke, Davids tristes Haus gemütlicher zu machen ist es mir wert.

So verbringe ich den restlichen Tag damit, die Blumen, Pflanzen und Dekoartikel in seiner Wohnung auszubreiten. Ich bin gerade dabei, eine kniehohe Palme in die Ecke seines Wohnzimmers zu stellen, als ich höre wie die Haustür aufspringt.

„Hi Kleines. Wo steckst du?“, höre ich David rufen.

„Im Wohnzimmer.“ Ich kann mir ein Grinsen gar nicht verkneifen, als es immer ruhiger wird. Den Weg zum Wohnzimmer habe ich ebenfalls umgestaltet. Auf dem antiken Möbelstück im Eingangsbereich habe ich eine dunkle Vase mit einer freundlich drein blickenden Sonnenblume gestellt. Nur einem Blinden würde sie nicht auffallen.

Langsam drehe ich mich um, als David im Wohnzimmer zum Stehen kommt. Auf seinem Gesicht liegt ein seltsamer Ausdruck. Freude sieht jedenfalls anders aus, muss ich feststellen.

„Ich dachte...“, weiter komme ich nicht, denn ich sehe, wie er seine Augenbraue nach oben zieht, „es gefällt dir nicht?“

David sieht sich um, verzieht keine Miene: „Hmm.“

Um ihn etwas zu besänftigen, lege ich ihm meine Arme um den Hals, presse mich dicht an ihn und sage: „Ich weiß, dass es mir nicht zusteht in deinem Haus etwas zu verändern, aber ich dachte...also... vielleicht gefällt es dir auch?“

Von mir abgelenkt, hört er mit seiner kritischen Begutachtung auf und sieht auf mich herab: „Dir ist aber schon klar, dass ich jetzt einen Gärtner einstellen muss. Wer soll sich sonst um das Grünzeug kümmern, wenn du weg bist?“

Erleichtert drücke ich ihm einen Kuss auf den Mund. „Ich erinnere dich bei jedem unsere Telefonate daran, dass die Blumen Wasser brauchen.“

„Oh Kleine."

Der Gedanke, David wieder zu verlassen, um in mein altes Leben zurückzukehren, gefällt mir nicht. Ich möchte bei ihm bleiben, mir hier eine Stelle suchen.

„David, ich muss mich langsam um einen Rückflug kümmern. Ich muss wieder mit meiner Arbeit anfangen und meine kleine Schwester braucht mich auch", suche ich ein paar Tage später das Gespräch.

Jedes Mal verzieht David das Gesicht, wenn ich davon anfange, aber irgendwann müssen wir darüber sprechen.

„Deswegen wollte ich auch mit dir sprechen. Möchtest du nicht bei mir in der Firma anfangen? Ich könnte eine persönliche Assistentin gut gebrauchen." David schwenkt sein Weinglas und sieht mich fragend an.

Wow, David scheint es wirklich ernst mit uns zu sein. Obwohl ich mich wahnsinnig freue, dass er mich nicht gehen lassen will, kann ich nicht für ihn arbeiten. Es wäre einfach nicht richtig.

„Ich denke, das ist keine gute Idee. Versteh mich bitte nicht falsch", mit den Händen werfe ich mein Haar zurück, „nur zu gern würde ich hier bei dir bleiben, aber wir beide zusammen arbeiten, das kann nicht gut gehen. Außerdem muss ich mich um meine kleine Schwester kümmern, hier bin ich dafür einfach zu weit weg und…"

„Du willst nicht bei mir bleiben?" David sieht gekränkt zu seinem Weinglas und sein Gesicht verschließt sich wieder einmal.

„Das habe ich nicht gesagt. Natürlich will ich hier bei dir bleiben." Das Thema Rückflug muss ich wohl anders angehen. So viel ist klar. Also versuche ich es auf die sanftere Tour. „Vielleicht finde ich hier in Helena irgendwo einen Job und dann packe ich meine sieben Sachen und komme her zu dir."

„Ich lasse dich doch nicht für irgendjemanden arbeiten", widerspricht mir David.

„Natürlich nicht. Aber du musst mich auch verstehen, ich möchte nicht von dir abhängig sein", versuche ich es erneut.

„Wie du meinst. Ich habe morgen ein Geschäftsessen in der Stadt und würde mich freuen, wenn du mich begleitest. Danach schauen wir nach einem Flug für dich." Mit diesem Satz ist das Thema für David erledigt.

„Das trifft sich sehr gut, ich brauche noch ein paar Dinge."

„Was für Dinge? Ich kann sie dir besorgen lassen." David sieht mich fragend an.

„Das wäre mir peinlich. Du weißt schon, Frauengeschichten", antworte ich und hoffe, ihn damit erst einmal ruhig zu stellen, schließlich möchte ich ihm nicht auf die Nase binden, dass meine Periode überfällig ist.

Unruhig zupfe ich an meinem türkisfarbenen Sommerkleid herum. David scheint nichts von meiner Nervosität zu merken und wenn, dann sagt er zumindest nichts.

„Ich muss noch ein paar Telefonate führen. Ist es ok, wenn ich hier auf dich warte?", will er wissen und parkt sein Auto vor einem großen Einkaufszentrum.

„Perfekt." Ich drücke ihm zum Abschied einen Kuss auf die Wange und haste aus dem Auto. Schon seit Tagen dreht sich alles in meinem Kopf um diese eine Frage. Was, wenn ich wirklich schwanger bin? Wie wird David wohl reagieren? Die Absätze meiner Sandalen hallen auf dem weiß polierten Boden des Einkaufszentrums und ich husche in die nächste Drogerie. Mein Herz schlägt wie verrückt, als ich die einzelnen Regale nach einem Schwangerschaftstest abklappere. Immer wieder sehe ich mich panisch um, ob David mir nicht doch gefolgt ist. Wie hätte ich ihm das hier erklären sollen? Ich kann nur hoffen, dass ich nicht schwanger bin und David nie davon erfahren wird. Ich schiebe mich an zwei Teenagern vorbei, die vor dem Kondomregal stehen und sich unschlüssig ansehen. Für die beiden eine genauso peinliche Situation wie für mich. Denn als ich vor dem Regal mit den Teststreifen stehe, habe ich keine Ahnung, auf was ich achten muss und traue mich nicht, die Verpackungen genau zu studieren.

„Was kann schon schief gehen? Entweder es erscheinen zwei Striche oder nicht", flüstere ich mir zu und schnappe mir einfach drei verschiedene Tests. Schnell eile ich zur Kasse, bezahle die Tests und lasse sie in meiner Handtasche verschwinden. Mein Herz rast immer noch, als ich aus der Drogerie zum Parkplatz eilc, wo ich David im Auto sitzen sehe, mit seinem Handy am Ohr. Mein Herz zieht sich automatisch bei seinem Anblick zusammen. Wäre es denn so schlimm, wenn wir Eltern werden würden? Was, wenn das Baby seinen Mund hätte oder seine Nase? Wären wir gute Eltern?

Fragen über Fragen. Langsam, um meine Atmung wieder zu normalisieren, gehe ich zu dem Auto und öffne die Tür so leise wie möglich. David sieht mich kurz an und ist dann wieder ganz in das Gespräch mit irgendeinem Ölfuzzi vertieft. Ich lasse mich auf den Sitz sinken und lege meine Tasche, auf dem Boden ab. Plötzlich und ohne Vorwarnung spüre ich, wie sich etwas Warmes in meiner Nase ansammelt und noch bevor ich richtig reagieren kann, fällt auch schon der erste Tropfen Blut aus meiner Nase in die Hand, die ich gerade noch drunter halten kann.

„Oh Shit, Nasenbluten“, fluche ich leise und versuche mit der Hand den Nasenflügel zuzuhalten und mit der anderen Hand nach meiner Tasche zu greifen. Was mir aber nicht so recht gelingen mag. David sieht mich kurz an und beugt sich dann für mich zu meiner Tasche und wühlt darin nach einem Taschentuch für mich.

„Nein, ich mach das schon“, wehre ich panisch ab, aber zu spät. David greift in die Tasche und zieht dann neben dem Taschentuch noch etwas ganz anderes hervor. Nämlich einen der Schwangerschaftstests. Mit weit geöffneten Augen sieht er mich an, reicht mir das Taschentuch und gibt ein kurzes aber unfreundliches: „Ich ruf dich später noch einmal an“, an seinen Gesprächspartner ab.

Innerlich stöhnend lege ich meinen Kopf zurück und presse das Taschentuch auf meine Nase. Warum um alles in der Welt musste ich gerade jetzt, in diesem Moment, Nasenbluten bekommen? Das passiert mir doch schon seit Jahren kaum noch. Aber nein, da habe ich ein Geheimnis, das David unter keinen Umständen erfahren soll, zumindest jetzt noch nicht und was passiert? Ich renne mit voller Wucht in das Chaos.

„Kannst du mir das erklären?“ David wirft sein Handy in das Seitenfach seines Autos und blickt mich düster an.

„Nach was sieht es denn aus?“, gebe ich kleinlaut zurück und würde mich am liebsten noch tiefer in dem weichen Sitz vor ihm verkriechen.

„Ich bin nicht blöd. Ich weiß, was das ist.“ David startet den Motor und braust wie von der Tarantel gestochen vom Parkplatz. Das Weiß des Taschentuchs in meiner Hand verfärbt sich zu einem dunklen Rot: „Wo willst du hin? Wir müssen in die Stadt und…“

„Ganz sicher nicht. Bevor ich nicht weiß, ob du schwanger bist oder nicht, fahren wir zwei nirgendwo hin“, herrscht er mich an.

Ganz toll gemacht, Anisha, tadele ich mich im Stillen und sehe zu, wie die Häuser der Stadt nur so an uns vorbeifliegen. Die Stille ist kaum auszuhalten. Ich habe das Gefühl, dass selbst das Blut, das in mein Taschentuch tropft lauter ist, als alles andere um mich herum. Um die Stille wenigstens etwas erträglicher zu machen drücke ich auf den Knopf, um das Radio einzuschalten. Kaum erklingen die ersten Töne, wirft David mir einen vernichtenden Blick zu und schaltet das Radio wieder aus.

Also bleibt mir nichts anders übrig, als neben ihm zu sitzen und mir zu wünschen, ganz schnell aus dem engen Auto auszusteigen. Was dann auch bald geschieht. Während David in seine Villa stapft, sagt er per Handy das Geschäftsessen ab und ich folge ihm, wenn auch zögernd, mit hängendem Kopf.

Langsam gehe ich zu seinem Badezimmer, was mir mit der schönen Whirlpoolbadewanne in den letzten Tagen so viel Freude bereitet hat. Doch jetzt wirkt der Raum erdrückend und gar nicht mehr so einladend. Was aber vielleicht auch daran liegen könnte, dass David mit verschränkten Armen am Waschbecken lehnt und jede meiner Bewegungen bis ins kleinste Detail verfolgt. Mittlerweile hat mein Nasenbluten aufgehört und ich krame in meiner Handtasche nach dem Test, von dem David sowieso schon weiß. Mit meinen Fingerspitzen ziehe ich ihn hervor und schaue in Davids Augen. Wieder dieser eiskalte, arrogante Blick, den ich die letzten Tage so gar nicht vermisst habe. Mit zittrigen Händen öffne ich die Verpackung, hole den Beipackzettel heraus und suche nach der genauen Anleitung.

„Hmm, da steht man sollte den Test am besten morgens durchführen. Dann ist er genauer." Ich lege den Beipackzettel zurück in die Schachtel.

„Es ist mir egal was da steht. Du machst den Test. Jetzt!"

„Kannst du mich bitte allein lassen?", frage ich vorsichtig und klappe den Toilettendeckel hoch.

Ohne ein Wort stapft er nach draußen, lässt die Badezimmertür aber einen Spalt breit offen stehen. Meine Hände zittern als ich mein Kleid langsam nach oben schiebe und mein Höschen runter. Kaum sitze ich auf der Toilette höre ich, wie David vor der Tür auf und ab geht.

Wie um alles in der Welt soll ich so pinkeln?

„David, könntest du bitte die Tür schließen und nicht vor der Tür auf und ab tigern?", bitte ich ihn und packe den Test aus. Mit einem schnaubenden Geräusch schließt er die Tür und kurz darauf kann ich auch pinkeln.

Langsam ziehe ich mich wieder an und lege den Test auf die Ablage des Waschbeckens, an dem ich mir extra lange die Hände wasche. Fünf Minuten soll ich also warten. Fünf verdammt lange Minuten. Kaum habe ich meine

Hände abgetrocknet, stürmt David in das Badezimmer: „Und?“

„Der Test läuft. Ich muss fünf Minuten warten“, beantworte ich seine Frage und lehne mich an das Waschbecken.

„Wieso hast du nicht an die Verhütung gedacht?“, zischt David und lehnt sich mit verschränkten Armen an den Rahmen der Badezimmertür.

„Ich?“, ich deute auf mich, „das gleiche könnte ich dich ebenfalls fragen.“

„Ich dachte, du nimmst die Pille“, gibt er zwischen zusammengebissenen Zähnen hervor.

„Dachte? Vielleicht solltest du nicht so viel denken sondern einfach mal nachfragen“, blaffe ich ihn wütend an. Was denkt der Typ sich eigentlich?

„Verdammt, vielleicht gehört das ja alles zu deinem Plan.“

„Was für ein Plan?“ Wovon spricht der Typ eigentlich?

„Von dem Plan an mein Geld zu kommen und mir ein Kind unterzujubeln“, brüllt er mich beinahe an.

„Bist du noch ganz dicht? So denkst du also von mir? Und ich dachte, dass das, was die letzten Tage zwischen uns gewesen ist, etwas Besonders ist.“ Ich spüre wie sich meine Augen mit Tränen füllen. Wie kann man sich nur so in einem Menschen täuschen? Ich halte mir die Hand vor den Bauch so, als ob er mir gerade einen Schlag in den Magen verpasst hätte.

„Was weiß ich. In deiner Situation ist doch alles möglich. Jetzt, wo sich deine Schwester bei einem….“, plötzlich bricht er mitten im Satz ab.

„Lass meine Schwester aus dem Spiel", fauche ich ihn an und nur zu gerne hätte ich diese bescheuerte teure hellblaue Vase zu meiner Rechten genommen und ihm um die Ohren geschlagen. Kalt und ohne jegliche Gefühlsregung sieht er mich an. Sein Gesicht ist wieder zu dieser Maske erstarrt, die ich schon zu genüge gesehen habe. Ich will raus, weg von ihm. Diesen David, der gerade vor mir steht, kann und will ich nicht lieben. Ich schnappe mir den Test, blicke darauf und atme auf. „Nicht Schwanger, was für ein Glück!" Ich werfe den Test vor ihm auf den Boden und renne so schnell ich kann aus dem Zimmer.

Blind vor Tränen, werfe ich meine Sachen in den Koffer und bestelle mir ein Taxi. Keine Minute länger bleibe ich hier bei ihm. Aber vermutlich will er das auch gar nicht. Meine Tränen kullern nur so auf meine Kleidung und mit einem Schlag knalle ich meinen abgewetzten Koffer zu und hoffe, er möge nicht gerade jetzt auseinanderfallen. Was er auch nicht tut. „Wenigstens auf dich ist Verlass." Jetzt führe ich schon Gespräche mit meinem Koffer. Ich blicke mich ein letztes Mal in Davids Schlafzimmer um. Das Bett ist frisch gemacht und mein Herz zieht sich reflexartig zusammen, wenn ich daran denke, wie wir hier gelegen haben. Ich in seinen Armen. Schnell schließe ich meine Augen, um die Bilder aus meinem Kopf zu verbannen und gehe aus dem Zimmer. Ich höre wie David im Wohnzimmer auf und ab geht. Soll ich mich verabschieden? Interessiert es ihn überhaupt, ob ich noch da bin? Vermutlich nicht. Ohne ihn noch einmal ansehen zu müssen, schnappe ich meine Jacke und meine Tasche und wackle mit meinem Kleidchen, welches ich sobald ich am Flughafen bin ausziehen werde, zur Tür. Lieber warte ich draußen auf mein Taxi als hier drinnen, wo die Erinnerung mich schier zu erdrücken droht. Geräuschlos schließe ich die Haustür hinter mir, schnappe mir mein Handy und versuche einen Flug nach Hause zu bekommen. Kurz darauf hält das Taxi an Davids Eingangstor, ich schlüpfe hindurch und gebe dem Taxifahrer mein Gepäck. Wortlos nehme ich auf der Rückbank Platz und gebe dem Fahrer die Anweisung mich zum Flughafen zu bringen.

Es ist früh am Morgen als ich endlich in meiner Wohnung ankomme. Ich habe tatsächlich noch einen Flug bekommen. Auch wenn ich dafür ein paar Stunden am Flughafen herumlungern musste. Aber nun bin ich wieder in meinen eigenen vier Wänden. Geräuschlos stelle ich meinen Koffer ab und ziehe die Schuhe aus. Mein Anrufbeantworter zeigt mir, dass ich keine neuen Nachrichten habe. Hast du wirklich erwartet, dass er sich bei dir meldet?, fragt mich eine leise Stimme in meinem Kopf. Erwartet vielleicht nicht, aber gehofft. Aber das er mich einfach so gehen lässt, setzt mir doch schwer zu. Ohne mich auszuziehen werfe ich mich auf mein Bett und weine mich in den Schlaf.

Immer wieder schrecke ich aus dem Schlaf hoch. Mein Herz will immer noch nicht begreifen, dass es tatsächlich aus ist. Ich verbringe beinahe zwei Tage in meinem Bett. Nur Katy weiß, dass ich wieder hier bin. Sie hat darauf bestanden, mich zu besuchen, doch ich habe sie abgewimmelt. Ich brauche meine Ruhe, ich muss selbst mit der Enttäuschung klarkommen. Mein Magen meldet sich immer wieder und bittet mich, etwas zu essen. Doch ich bekomme einfach keinen Bissen herunter. Der Stachel in meinem Herzen sitzt tief und um meine geschundene Seele noch weiter zu quälen, sehe ich mir pausenlos Liebesfilme an. Erst am dritten Tag verlasse ich mein Bett, um wenigstens eine Kleinigkeit zu essen. Gerade als ich von meinem Brot abbeiße, das wie Pappe schmeckt, klingelt es an meiner Haustür. Zuerst ignoriere ich es, doch das Klingeln hört nicht auf, im Gegenteil, es wird immer stürmischer. „Ich komme ja schon“, antworte ich schwach und öffne die Wohnungstür einen Spalt breit. Katy steht vor der Tür.

„Lässt du mich bitte rein?“, fragt sie und widerwillig trete ich zur Seite, um sie durchzulassen. Sie blickt mich mit weit aufgerissenen Augen an: „Süße, du siehst schrecklich aus.“

„Ich weiß.“ Ich schlurfe an ihr vorbei und lasse mich wieder auf meinen Stuhl sinken. Katy setzt sich neben mich und schnüffelt an dem Tee, um sicher zu gehen, dass er da nicht schon seit Tagen herumsteht. Sie befindet ihn wohl für gut, denn sie schenkt sich ebenfalls eine Tasse ein. „Ich weiß, es schmerzt, Ani. Aber du kannst dich hier nicht verkriechen.“

„Ich weiß.“

„Hat er sich denn noch einmal bei dir gemeldet?“, will sie wissen. Traurig schüttele ich den Kopf und wenn ich nur noch eine Träne hätte, dann würde sie sich wohl jetzt verabschieden. Katy sieht mich mitfühlend an und um vom Thema abzulenken, fragt sie mich: „Wie geht es denn Maylin?“

„Ich möchte sie nachher anrufen.“

„Warum machst du das nicht gleich? Sie freut sich bestimmt von dir zu hören.“ Katy nippt an ihrem Tee.

„Hm, ja, ok“, stimme ich ihr zu und wähle die Nummer von meinen Großeltern. Es klingelt und klingelt und je länger ich warte, dass jemand ans Telefon geht, umso ungeduldiger werde ich.

„Was ist denn los?“ Katy ist mein ängstlicher Blick nicht entgangen.

„Es geht niemand ran.“ Langsam steigt Panik in mir auf. Was, wenn Maylins Zustand sich verschlechtert hat?

„Vielleicht sind sie beim Arzt oder…“, versucht Katy mich zu beruhigen.

„Ich versuche es auf dem Handy.“ Schnell lege ich auf, um postwendend die Nummer meiner Grandma zu wählen. Beim achten Klingeln nimmt sie endlich ab.

„Grandma, wo seid ihr?“, völlig außer mir brülle ich ins Telefon.

„Ani, ganz ruhig, es ist alles in Ordnung. Ich habe dich nicht erreicht und…“ Die Stimme meiner Grandma ist ruhig.

„Wie geht es Maylin?“, möchte ich wissen und fahre mir durch mein fettiges Haar.

„Ich dachte, du weißt Bescheid“, gibt sie zerknirscht von sich.

„Was soll ich wissen? Grandma, was ist hier los?“

„Nun, wir sind hier, bei dir.“

„Wie meinst du das, hier bei mir? In meiner Wohnung ist außer mir nur Katy“, gebe ich verständnislos von mir.

„In San Francisco, in einer Spezialklinik. Maylin wird morgen operiert, sie bekommt eine neue Niere und wenn alles gut geht, dann…“

„Moment, ihr seid hier und habt mir nichts gesagt? Seit wann?“

„Schon seit knapp einer Woche. Du warst nicht zu erreichen und…“, den Rest des Satzes höre ich gar nicht mehr. Während meine kleine Schwester sich in einer Klinik befindet, habe ich mich mit David vergnügt. „Ich bin sofort da. Wie lautet die Adresse?“, will ich wissen und springe schon auf, um mich anzuziehen. Grandma gibt mir die Adresse und ohne eine Verabschiedung lege ich auf.

„Ani, so kannst du nicht gehen. Du solltest zumindest kurz duschen. Deine kleine Schwester bekommt sonst einen Schock, wenn sie dich so sieht.“ Katy greift nach meinem Arm und ich halte mitten in der Bewegung inne. Sie hat Recht, ich gebe mit Sicherheit kein schönes Bild ab.

Schnell haste ich unter die Dusche, in meinem ganzen Leben bin ich noch nie so schnell fertig gewesen. Mit noch immer flauem Magen und Katy betrete ich das große Gebäude. Während Katy sich nach dem Weg erkundigt, blicke ich mich um. Der Geruch von Desinfektionsmittel vermischt mit anderen Dingen hängt in der Luft. Mein Magen dreht sich einmal um die eigene Achse. Als ich dann auch noch die weiß gekleideten Ärzte und Krankenschwestern sehe, steigt Übelkeit in mir hoch. Ich kann es nicht leugnen, seit dem Tod meiner Mutter meide ich Krankenhäuser wie die Pest. Aber jetzt geht es um meine kleine Schwester; sie braucht mich. Schweigend fahren Katy und ich mit dem Fahrstuhl nach oben und gehen zusammen den in einem hässlichen Gelb gestrichenen Flur entlang. Auf dem Flur befinden sich einige Patienten, die in meinen Augen mit ihren Nachthemden und Morgenmänteln nicht unbedingt zu einem aufmunternden Bild beitragen. Dann endlich sehe ich Maylins Zimmertür und klopfe kurz an. Ich trete ein und starre auf das leere Bett. Wo ist Maylin?

Grandpa sitzt auf einem Stuhl und liest in aller Seelenruhe in seiner Zeitung.

„Wo ist Maylin?“ Ich betrachte das Zimmer. Nur ein Bett steht in dem hellgelb gestrichenen Zimmer.

„Anisha, wie schön dich zu sehen.“ Grandpa erhebt sich und kommt auf mich zu, um mich kurz an sich zu drücken.

„Aber wo ist Maylin? Geht es ihr gut?“, frage ich skeptisch.

Grandpa begrüßt auch Katy mit einem freundlichen Lächeln und nimmt dann wieder auf dem Stuhl Platz. „Sie müsste jeden Moment wieder da sein.“

Es dauert keine Minute, da fliegt die Tür auf. Eine lachende Maylin wird im Rollstuhl und in Begleitung von meiner Grandma ins Zimmer geschoben. „Maylin“, rufe ich erfreut aus und im gleichen Moment fällt die Anspannung von mir ab.

„Ani, du bist da!“ Maylin scheint sich genauso zu freuen wie ich. Ohne zu zögern umarme ich sie. Dabei fällt mein Blick auf eine Person, die draußen auf dem Flur steht und sich angeregt mit einem Arzt unterhält. Das ist doch nicht möglich. Was macht er hier? Für einen Moment schließe ich die Augen und hoffe, mein Gehirn hat mir nur einen Streich gespielt. Doch als ich die Augen wieder öffne, steht er immer noch da und sein Blick ruht auf mir.

„Ani, du drückst zu fest“, bringt Maylin mich wieder ins Hier und Jetzt.

Schnell lasse ich von ihr ab. Katy, die meinem Blick gefolgt ist, steht nun hinter mir und legt mir beruhigend die Hand auf die Schulter. „Ganz ruhig. Klär das später mit ihm“, flüstert sie kaum hörbar in mein Ohr und ich drehe mich um, um Maylin in ihr Bett zu helfen.

„Ist das nicht toll? Sie haben eine Spenderniere für mich gefunden und Dr. Mayer sagt, dass ich zu neunzig Prozent wieder ganz gesund werde. Ani, endlich ein normales Leben!“ Maylin ist ganz aus dem Häuschen.

„Ja, das ist wunderbar“, stimme ich ihr zu und doch frage ich mich, was David mit der ganzen Sache zu tun hat.

„Guten Tag, Sie müssen Maylins Schwester sein. Ich bin Dr. Mayer, der Chefarzt.“ Der Herr, der eben noch mit David gesprochen hat, steht nun vor Maylins Bett und reicht mir seine Hand.

„Ja, hallo“, bringe ich hervor und während er mich kurz über den Gesundheitszustand meiner Schwester aufklärt, huscht mein Blick immer wieder zu David, der neben meiner Grandma steht und sich mit ihr unterhält.

„Maylin braucht jetzt Ruhe. Morgen steht die Operation an.“ Mit sanften Worten gibt uns Dr. Mayer zu verstehen, das Zimmer zu verlassen. Ich drücke sie noch einmal kurz an mich und gehe dann mit den anderen aus dem Zimmer. Dr. Mayer verabschiedet sich von uns und geht dann mit flatterndem, weißem Arztkittel ins nächste Patientenzimmer.

„Ani, Liebes, dein Grandpa und ich brauchen auch etwas Ruhe. Wollen wir uns morgen früh zum Brunch treffen?“ Und noch bevor ich etwas sagen kann, wendet sie sich an David: „Wir sind Ihnen so unendlich dankbar, auch wenn es nur eine kleine Geste ist unserseits ist, möchte ich Sie doch bitten, uns morgen zu begleiten."

Na bravo, jetzt sind meine Großeltern auch noch auf David angewiesen?

„Gerne", stimmt er zu und ich sehe betreten zu Boden.

Händchenhaltend steigen meine Großeltern in den Aufzug und Katy verabschiedet sich ebenfalls mit einem kurzen: „Wir telefonieren, Ani. Bis dann."

Danke aber auch. Haben sich denn nun alle gegen mich verschworen?, schießt es mir durch den Kopf und ohne David anzusehen gehe ich ebenfalls zum Fahrstuhl. Natürlich folgt er mir und schweigend fahren wir hinunter zum Ausgang.

Ohne auf ihn zu warten eile ich auf den Ausgang zu. Keine Minute länger will ich seine Nähe spüren. Sein bloßer Anblick raubt mir die Luft zum Atmen und mein Herz zieht sich bei jedem Blick auf ihn schmerzhaft zusammen. In den letzten Tagen bin ich durch die Hölle gegangen. Das muss jetzt nicht von vorne anfangen.

Draußen fallen mir die ersten Regentropfen aufs Haar und ich blicke mich nach einem Taxi um. Schnell eile ich die Krankenhausauffahrt hinunter. Der Regen wird immer stärker, aber er stört mich nicht. Er passt zu mir und meinen trüben Gedanken an David. Warum muss er hier sein? Warum hat Grandma so mit ihm gesprochen? Während ich verzweifelt nach einem Taxi Ausschau halte, kommen mir diese Gedanken. „Kann ich dich mitnehmen?", vernehme ich plötzlich die mir so wohlbekannte Stimme in meinem Rücken.

Nur über meine Leiche, doch das spreche ich nicht aus. Stattdessen ignoriere ich David, obwohl sich meine Nackenhaare verdächtig aufstellen. Warum hat er nur so eine Anziehungskraft auf meinen Körper?

„Nein danke“, gebe ich unfreundlich zurück und ignoriere den Regenschirm, der nun über mir aufgespannt ist. „Willst du dir unbedingt eine Lungenentzündung holen? So kannst du deiner Schwester nicht beistehen und ich glaube, gerade jetzt braucht sie dich dringend.“ David steht so dicht hinter mir, dass ich nur meine Hände ausstrecken müsste, um ihn zu berühren. Aber das wird nicht passieren. Nie wieder.

„Was weißt du denn schon?“ Wütend stapfe ich durch den Regen. Wenn ich kein Taxi bekomme, dann gehe ich eben zu Fuß.

Doch David gibt nicht so leicht auf. Er folgt mir und ich kann ihn im Schein der Straßenlaternen erkennen. Sein langer Mantel flattert um seine Beine.

Automatisch gehe ich schneller. Ich will weg von ihm.

„Verdammt, Ani, jetzt bleib stehen“, herrscht er mich an. Mein Signal, meine Beine in die Hand zu nehmen und zu rennen. Gerade will ich ansetzen, als er mich unsanft zurückhält. „Bitte“, haucht er, „lass uns reden.“

„Wir beide haben nichts mehr zu reden. Wir sind fertig miteinander“, fauche ich ihn an und entreiße ihm meinen Arm.

„Das denke ich nicht.“

„Es ist mir scheißegal, was du denkst. Dich hat es doch auch nicht interessiert als ich gegangen bin. Oder hat es etwas damit zu tun, dass meine Schwester in diesem Krankenhaus ist, in einem Einzelzimmer und von einem Chefarzt behandelt wird?“, schreie ich und schaue ihn wütend an.

David sieht betreten zu Boden, doch ich bin noch lange nicht fertig. Die ganze Enttäuschung der letzten Tage steigt in mir hoch und auch, wenn uns die anderen Passanten zweifelnd ansehen, kann ich mich nicht zurückhalten.

„Ani, ich habe es dir und deiner Schwester zu liebe getan. Ich habe gesehen, wie schmerzhaft es für dich ist, deiner Schwester nicht helfen zu können und…“ David spricht mit ruhiger leiser Stimme.

„Deswegen versuchst du, mich zu kaufen? Du bist echt das Letzte.“ Mit in die Hüften gestemmten Händen sehe ich zu ihm hoch.

„Nein, so ist es nicht. Ich würde dich niemals…“

„Spar dir das. Du hast mir bereits des Öfteren gesagt und gezeigt, was du von mir hältst. Ich werde dir jeden einzelnen Dollar zurückzahlen, auch wenn es bedeutet, mich bis an mein Lebensende zu verschulden und mit schlecht bezahlten Jobs über Wasser zu halten.“ Mit diesen Worten stürme ich los.

„Ani, warte, es tut mir leid. Ich war der größte Idiot, den es gibt. Bitte“, brüllt er mir hinterher. Neugierig werfen mir die Passanten, die natürlich unsere Diskussion mitgehört haben, ihre Blicke zu.

Doch ich laufe einfach weiter. Ich will nichts mehr von ihm hören. Ich will seine Stimme aus meinen Gedanken und aus meinem Kopf bekommen. Weit komme ich allerdings nicht. David holt mich ein und baut sich vor mir auf.

Seine nassen Hände greifen nach meinen und die Regentropfen fallen von seinem nassen Haar auf sein Gesicht und laufen die Wangen hinunter.

„Bitte verzeih mir, Ani. Ich liebe dich und kann und will ohne dich nicht mehr leben“, wispert er und in meinem Herzen zieht sich etwas zusammen.

Zu gerne würde ich ihm glauben aber ich kann nicht. Ich kann ihm nicht in die Augen sehen denn sonst hätte ich verloren. „Hör mich bitte an. Ich weiß, dass ich in deinen Augen ein kalter, arroganter Arsch bin. Aber ich war nicht immer so. Du hast keine Ahnung wie es ist, wenn man mit 22 Jahren zum ersten Mal eine Million auf dem Konto hat. Es ist ein tolles, berauschendes Gefühl. Du denkst, die Welt liegt dir zu Füßen. Was sie teilweise auch tut. Aber dann... Irgendwann spürst du, dass es deine sogenannten Freunde nur auf dein Geld abgesehen haben. Es ist ihnen egal, wie es dir geht. Hauptsache, du bezahlst jedes Wochenende den VIP-Besuch in den diversen Clubs. Die Frauen wollen nur mit dir zusammen sein, um ein schönes Leben ohne Arbeit zu haben.“

Während David spricht, sehe ich an seinen Augen, wie er sich qualvoll zurückerinnert. Er blickt ins Leere und erzählt weiter: „Und dann lernst du diese Frau kennen und denkst, wow, dieses Mal könnte es etwas Ernstes sein. Über Monate hinweg lebt ihr zusammen und sie scheint sich wirklich für dich und nicht nur für deinen Kontostand zu interessieren. Während du am Verlobungsantrag feilst, vergnügt sie sich mit einem anderen und schlussendlich kommt heraus, dass dieser andere zwar doppelt so alt ist als du selbst, aber weitaus mehr Geld auf dem Konto hat.“

Mit zusammengepressten Lippen höre ich ihm zu. Meine Wut auf David verblasst mit jeder schmerzhaften Erinnerung, die er von sich preisgibt.

Was soll ich nur sagen? Was kann ich tun, damit er mir glaubt, dass ich nicht nur an seinem Geld interessier bin?

Ich kann ihn sogar verstehen, vielleicht hätte ich in seiner Situation genau so reagiert.

Sein Blick gleitet wieder zu mir und in seinen Augen schimmert etwas, was ich zuvor noch nie bei ihm gesehen habe. „Ani, bitte verzeih mir. Ich liebe dich und ich möchte dich glücklich machen, auch wenn ich weiß, dass ich dein Vertrauen aufs Äußerste missbraucht habe. Aber ich würde alles tun, um eine zweite Chance von dir zu bekommen."

Völlig geplättet stehe ich da. Ohne etwas sagen zu können sehe ich ihn an. Diese tiefblauen Augen, dieser Mund, einfach er, der mir den Verstand raubt.

„Ok, ich verstehe schon. Du willst nicht mehr. Nun aber, bitte lass mich wenigstens deiner Schwester helfen. Sie hat eine so tolle Persönlichkeit und obwohl ich sie erst seit einer Woche kenne, mag ich sie sehr."

„Eine Woche? Aber da war ich doch noch bei dir?", bringe ich mit kratziger Stimme hervor.

„Ja, während du bei mir warst, habe ich mit ihr und deinen Großeltern telefoniert. Außerdem ist Dr. Mayer ein alter Freund von meinem Dad und eine Koryphäe auf seinem Gebiet. Ich musste einfach helfen."

„Ok", bringe ich hervor. Ich muss das Gesagte erst einmal verdaucn.

„Gut, dann hoffe ich, dass du mir irgendwann vergeben kannst. Ich hoffe, dass du jemanden findest, der dich glücklich macht." David lässt meine Hände los und seine Schultern fallen nach unten.

Plötzlich steht hier vor mir nicht mehr der selbstsichere, reiche Geschäftsmann, sondern ein Mann, der eben etwas verloren hat, was ihm offensichtlich sehr wichtig ist.

David blickt mich noch einmal kurz an und lässt mich dann einfach alleine zurück. Langsam geht er die Straße entlang. Verwundert schaue ich ihm hinterher. Soll es das gewesen sein? Soll ich den Mann, den ich wirklich liebe, einfach so gehen lassen? Nach all dem? Jetzt, wo er mir sein tiefstes Inneres anvertraut hat? Es muss David unheimliche Überwindung gekostet haben. Er ist schließlich ein Mann und Männer reden nie gern über Gefühle. Ich bin mir sicher, David hat noch viele weitere Geheimnisse und ich möchte jedes einzelne ergründen.

Nein, ich kann und will ich nicht so gehen lassen. So schnell es mit meinen kurzen Beinen möglich ist, renne ich ihm hinterher und baue mich vor dem zu Boden starrenden David auf.

„So leicht entkommst du mir nicht, Mr. Brandon. Auch wenn du wirklich ein arroganter Arsch sein kannst, liebe ich dich. Lass uns noch einmal von vorne anfangen." Mit diesen Worten stelle ich mich auf die Zehenspitzen und schlinge meine Arme um seinen Kopf. Meine Lippen finden die seinen und kaum, dass ich seine warmen weichen Lippen spüre, erwacht David zum Leben und zieht mich so dicht an sich, dass ich kaum noch Luft bekomme. Es ist einfach herrlich, ihn so nah zu spüren, auch wenn wir beide mittlerweile klatschnass sind.

„Können wir zu dir gehen? Ich muss aus diesen nassen Klamotten raus", fragt David nachdem er meine Lippen wieder freigibt.

„Natürlich, aber ich hoffe, du bekommst keine Platzangst. Denn meine Wohnung ist wirklich verdammt klein." Dabei möchte ich gar nicht daran denken, wie unordentlich sie aussieht.

Kapitel 15

„Hübsch hast du es hier.“ David blickt sich in meiner kleinen Wohnung um. Dabei entsteht um ihn herum eine kleine Pfütze mit Wasser. Schnell eile ich ins Bad und hole ein Stapel Handtücher. Eines reiche ich ihm und mit einem anderen knie ich mich auf den Boden und wische das Wasser auf. David zieht seinen Mantel aus und hängt ihn an die Garderobe. Dann kniet er sich neben mich und hilft mir den Boden trocken zu bekommen.

„Danke.“ Ich nehme ihm das Handtuch ab, gehe zurück ins Badezimmer und werfe die nassen Handtücher in die Waschmaschine.

„Netter Anblick.“

Langsam drehe ich mich um und blicke David an. Lässig hat er das Handtuch um seine Schultern hängen und seine nassen Haare, die er mit dem Handtuch versucht hat trocken zu rubbeln, schimmern mich verführerisch an. Ich widerstehe dem Drang, mit meinen Händen sein Haar zu berühren und wende den Blick ab.

„Schön, das dir mein Bad gefällt“, antworte ich. David steht nur eine Armlänge von mir entfernt und sieht mich mit seinen Augen, die vor Verlangen ganz glänzend sind, an.

„Ich meinte nicht dein Badezimmer.“ Langsam kommt er einen Schritt auf mich zu.

„Nein?“, wispere ich.

Seine Augen halten meinen Blick gefangen, wortlos schüttelt er den Kopf. Wie schafft er es nur immer wieder, mich so aus der Fassung zu bringen? Ich kann seinen warmen Atem an meinem Haar spüren und habe nur noch einen Wunsch. Ich will ihm gehören. Mit allem was ich habe. Als ob er meinen Wunsch erhört hätte, zieht er mich in seine starken Arme und seine Lippen legen sich auf meine. Unsere Zungen vollführen einen wilden Kampf und ich presse mich noch enger an ihn. Plötzlich löst er eine Hand von mir, greift zur Seite und kurz darauf höre ich das leise Prasseln von Wasser. Ich spüre, wie meine vom Regen kalte Haut anfängt, leicht zu prickeln und ich atme lustvoll aus. Langsam bildet sich, durch das heiße Wasser aus der Dusche, Nebel im Badezimmer. Ungeduldig wandern meine Hände nach unten, zu Davids Hosenknopf, zerren an dem Knopf und dem Reißverschluss. Binnen Sekunden fallen unsere Kleider zu Boden und dann schiebt David mich auch schon unter die Dusche. Der aufsteigende Dampf umhüllt uns und ich jauchze kurz auf, als dass heiße Wasser meinen Körper berührt. Schnell stellt David das Wasser kälter und drückt mich mit seinem ganzen Körper an die geflieste Wand. Mit einem Ruck hebt er mich hoch. Meine Schenkel schließen sich um seine Hüften. Als er in mich eindringt, krallen sich meine Fingernägel in seine Schultern. Leidenschaftlich folge ich seinem Rhythmus. Erst jetzt wird mir bewusst, wie sehr ich ihn und seinen Körper vermisst habe.

Erschöpft fallen wir nach unserer gemeinsamen Dusche in die weichen Kissen meines Bettes.

„Mein Bett ist leider nicht so groß wie deines“, versuche ich mich zu entschuldigen, als David fluchend seinen Kopf an das Metallgitter an meinem Bett stößt.

„Nicht so schlimm“, beruhigt er mich und trotzdem sehe ich durch die Dunkelheit, wie er sich seinen Kopf reibt.

„Sicher? Ich kann dir einen Eisbeutel holen?“

„Hmm, jetzt wo du es sagst, ich könnte tatsächlich etwas gebrauchen.“

„Soll ich dir Eis holen?“ Ich bin mit einem Satz aus meinem Bett, doch David greift nach meinem Arm und hält mich auf.

„Vergiss das blöde Eis. Ich will dich!“, flüstert er begierig und zieht mich mit einem Ruck zu sich. Ich lande auf ihm und ich kann meinen eigenen Herzschlag hören, der von seiner nackten Brust widerhallt. Seine warmen Hände streichen sanft über meinen Kopf und ich schmiege mich an ihn. Das Gefühl ist einfach unbeschreiblich und ich möchte es mit keiner Sekunde mehr missen. Ich lausche seinem Atem und meine Nase gräbt sich in seinen Hals, wo ich begierig seinen Duft in mich aufsauge. Durch seine sanften Berührungen und seinen gleichmäßigen Atemzüge schlafe ich schließlich mit einem Lächeln ein.

Der Duft von frisch aufgebrühtem Kaffee weckt mich am nächsten Morgen. Ich muss ein paar Mal kräftig blinzeln um meine Augen an die Flut von Sonnenstrahlen, die sich durch mein Zimmer bahnen, zu gewöhnen. Automatisch greife ich neben mich, doch anstatt warme Haut zu spüren, berührt meine Hand nur das leere Laken.

„David?“, gebe ich schlaftrunken von mir und tapse aus meinem Bett in mein Wohnzimmer. Und dort steht mein persönlicher Adonis mit nackten Füßen und einem

Kaffeebecher in der Hand. Seinen Blick hat er auf meinen Küchentresen gerichtet und ich frage mich, ob er vielleicht die Brotkrümel zählt, die ich in der Eile gestern nicht weggewischt habe.

„Guten Morgen“, begrüße ich ihn und schlinge meine Arme um seinen Bauch. Mit geschlossenen Augen lege ich meinen Kopf auf seinen Rücken.

„Morgen, gut geschlafen?“, will er von mir wissen und stellt den Kaffeebecher zurück auf die Arbeitsplatte, um seine Hand auf meine Hände zu legen.

„So gut wie schon seit Ewigkeiten nicht mehr. Und du?“

„Wunderbar“, er räuspert sich kurz: „ ich war gerade Brötchen holen und da habe ich das hier entdeckt.“

Langsam dreht er sich zu mir um und streckt mir eine Zeitung entgegen.

„Schön, so etwas nennt man Zeitung“, gebe ich protestierend von mir, weil sich meine Hände nun nicht mehr um seinen warmen Bauch schmiegen können.

„Du solltest das Lesen. Irgendwer hat uns gestern Abend bei unserem Streit wohl erkannt.“

Ich stöhne auf und blicke auf die zwei Bilder in der Zeitung. Trotz der leicht verschwommenen Aufnahme, sind wir beide eindeutig darauf zu erkennen.

„Es ist mir egal, was die schreiben. Dir etwa nicht?“ Ich habe absolut keine Lust, mich mit Klatsch auseinanderzusetzen. Erst recht nicht, da nicht einmal 24 Stunden seit unserem Aufeinander treffen vergangen sind.

„Irgendwann müssen wir uns der Presse stellen. Je eher, desto besser“, nun spricht David wieder mit einem Ton, der keine Widerrede zulässt.

„Also gut. Dann ziehe ich mir jetzt was an und dann gehen wir zur nächsten Redaktion“, gebe ich beleidigt mit vorgeschobener Unterlippe zurück.

„Das müssen wir nicht einmal. Vor deiner Tür lauert eine Handvoll Reporter.“

„Klasse. Dank dir kann ich mir bald eine neue Bleibe suchen“, erwidere ich gespielt genervt.

„Darüber wollte ich sowieso mit dir sprechen. Aber nicht jetzt.“ David greift hinter sich zu seinem Kaffeebecher.

„Was auch immer. Wann auch immer. Aber ohne eine Tasse Kaffee läuft hier gar nichts.“ Ehe David sich versieht, habe ich schon seine Kaffeetasse in der Hand und nippe daran.

„Hat Ihnen den niemand Manieren beigebracht, Mrs. Severson?“ David grinst mich an und zieht mich an den Hüften zu sich, um mir einen Kuss auf den Hals zu geben.

„Sieht wohl nicht so aus, Mr. Brandon“, lache ich und stelle mich auf Zehenspitzen, um ihn leicht an seiner Haarsträhne zu ziehen.

Seine Lippen knabbern zärtlich an meinem Hals. Dabei entweicht mir ein leises Stöhnen.

„Ich mag mich nur ungern von dir trennen“, flüstert David an meinem Hals.

„Dann lass es. Ich habe ein paar Meter weiter ein recht bequemes Bett“, antworte ich ihm mit geschlossenen Augen. David bläst leicht an meinen Hals und dann lässt er mich los: „Später.“

Eine gute halbe Stunde später verlassen wir beide schließlich Arm in Arm meine Wohnung. Ich habe absolut keine Lust mich der Meute zu stellen. Aber David hat Recht. Irgendwann muss es sein und je eher, desto besser. David hält mir die Haustür auf und ich trete langsam nach draußen. Innerlich jubele ich schon, denn ich werde nicht von einem Blitzgewitter begrüßt. Doch es war wohl ein Wunschgedanke, dass keine Reporter mehr da sind. Kaum steht David neben mir, geht es auch schon los. Innerlich verspannt sich jeder meiner Muskeln und obwohl ich mir fest vorgenommen habe, freundlich zu lächeln, kann ich doch nicht anders als meine Augen fest zusammenzupressen. David legt mir beschützend einen Arm um die Schulter und schiebt mich sanft weiter.

„Sind Sie nun ein Paar?“

„Haben Sie die Nacht zusammen verbracht?“

„Ani, stimmt es das Ihre Schwester schwerkrank ist?“

Eine regelrechte Flut an Fragen prasselt auf uns ein. Am liebsten würde ich einfach nur wegrennen. Doch Davids Hand umgreift so fest meine Schulter, dass eine Flucht ausgeschlossen ist.

„Auf all Ihre Fragen können wir nur mit ‚Ja‘ antworten. Ich hoffe das reicht Ihnen und wir wünschen Ihnen noch einen schönen Tag.“ David spricht mit fester, ruhiger Stimme und mein Herz schwillt beinahe über aus Liebe zu ihm. Ich beneide ihn, wie er die Situation meistert und bin unendlich dankbar, dass er neben mir steht. Mit dieser Antwort scheinen sich die Reporter zufrieden zu geben, denn langsam wenden sie ich von uns ab und wir können weiter gehen.

„Wollen wir deine Schwester besuchen?“, fragt mich David und drückt mir einen leichten Kuss auf meinen Kopf.

„Ja.“ Meine Finger reiben sich noch immer nervös aneinander.

David zieht mich eng an sich: „In den nächsten Wochen wird sich der ganze Rummel um uns legen.“

Ich nicke und hoffe, dass er Recht behält. Ständig von der Presse verfolgt zu werden, steht nicht auf meiner Wunschliste. Was, oder besser gesagt wer, dafür ganz groß darauf steht ist David. Wenn dies heißt, die nächsten Wochen mit dem Rummel um meine Person klarzukommen, dann werde ich es schon irgendwie hinbekommen. Obwohl ich den Tag herbeisehne, an dem ich keine Klatschgeschichten über mich und meine Familie mehr lesen muss.

Kapitel 16

Aufgeregt und mit pochendem Herzschlag ziehe ich, wie schon des Öfteren in den letzten Monaten, meinen Koffer hinter mir her. Nur dieses Mal bin ich nicht allein. Meine kleine Schwester Maylin zieht ebenfalls ihren Trolley, der aber im Gegensatz zu meinem recht neu ist, hinter sich her. Wer von uns beiden aufgeregter ist kann ich nicht sagen. Seit der erfolgreichen Transplantation sind beinahe drei Monate vergangen. In dieser Zeit habe ich mein Job und meine Wohnung gekündigt. Maylin hat die Reha gut überstanden und Dr. Mayer ist über Maylins Genesungsverlauf mehr als erfreut. Es sieht ganz danach aus, als ob meine kleine Schwester endlich ein normales Leben führen kann.

Das alles habe ich nur einer Person zu verdanken. David.

Um über die Köpfe der anderen Passagiere hinwegzusehen, stelle ich mich auf Zehenspitzen.

„Siehst du ihn?“, will Maylin neben mir wissen.

„Noch nicht. Ach verdammt, warum kann ich nicht wenigstens ein paar Zentimeter größer sein?“, fluche ich genervt.

„Das wäre jammerschade, denn ich stehe auf kleine quirlige Damen“, flüstert mir in diesem Moment eine tiefe, verführerische Stimme ins Ohr.

Ein heißer Schauer läuft mir dabei über den Rücken und meine Nackenhaare stellen sich verräterisch auf.

Unglaublich, wie ich diese Stimme in den letzten Wochen vermisst habe.

„David!“ Mit einer schnellen Bewegung drehe ich mich um und stehe ihm gegenüber. Seine tiefblauen Augen wandern meinen Körper hinab und sein Mund verzieht sich zu einem erotischen Grinsen.

Wenn er mich weiter so mit diesem Blick ansieht, kann ich für nichts garantieren. Doch mein Hirn sagt mir, dass wir nicht alleine sind. Gefühlte Hunderte andere Passagiere marschieren, ohne uns zu beachten, an uns vorbei.

Nur meine Maylin grinst über beide Ohren.

„Ich habe dich vermisst“, flüstere ich und werfe mich in seine Arme.

„Und ich dich. Endlich seid ihr da.“ David schließt seine breiten Arme um mich und ich kuschele mich ausgiebig an ihn und atme seinen Duft tief ein.

Seine Hände fahren an meinem Rücken hinab und meine Brustwarzen richten sich voller Vorfreude auf. Mein ganzer Körper hat David mehr als vermisst. Ich fühle mich ganz ausgehungert nach seinen Berührungen.

„Komm, wir sollten lieber gehen, sonst bieten wir hier noch eine nicht ganz jugendfreie Szene.“ David lässt mich langsam los und geht zu Maylin, um sie ebenfalls zu begrüßen.

„Und, freust du dich auf dein neues Zuhause?“ David nimmt ihr den Koffer ab.

„Und wie. Vor allem auf die Schule“, plappert Maylin los.

David und ich tauschen einen Blick und als er dann meinen Koffer greift kann er sich ein: „Der wird ersetzt“, nicht verkneifen.

Den restlichen Tag verbringen wir damit, uns in Davids Haus einzurichten. Obwohl mir der Abschied von Katy und unseren Großeltern sehr schwer gefallen ist, kann ich nicht auf Dauer eine Fernbeziehung mit David führen. Maylin kann ich auch nicht zurücklassen, also hat David uns beide bei sich aufgenommen.

„Hmm, ich habe dich vermisst.“ Davids Nase verkriecht sich in meinem Haar und seine Hände umfassen meinen Bauch.

„Ich muss auspacken“, protestiere ich und gebe ihm einen kleinen Klaps auf seine Hände.

„Aber das kannst du doch auch noch später machen. Maylin hört uns auch nicht, schließlich habe ich ihr nicht umsonst im hintersten Teil des Hauses ein Zimmer gegeben.“

Ich drehe mich zu ihm um und drücke ihm einen Kuss auf den Mund: „Darüber mache ich mir keine Gedanken. Außerdem haben wir noch die ganze Nacht für uns.“

„Aber das sind noch über vier Stunden“, protestiert David und beißt mir sanft auf die Unterlippe.

„Ich denke, es bleibt dir nichts anderes übrig, Mr. Brandon“, gebe ich neckisch zurück und befreie mich aus seinen Armen.

„Na gut. Dann verschwinde ich mal ins Büro und widme mich dem Schreibkram.“ David zieht eine Schnute und geht dann aus dem Schlafzimmer.

Es ist eine kalte sternenklare Nacht. Die Bäume haben begonnen, ihre Blätter fallen zu lassen, ein Zeichen, dass der Herbst vor der Tür steht. Ich bin unglaublich nervös, da ich David zum ersten Mal auf eine Benefizveranstaltung begleite. So gut es mein mintgrünes bodenlanges Kleid zulässt, gehe ich neben David die Treppe hinauf. Dabei komme ich mir nicht annähernd so elegant vor wie die Damen vor und hinter mir. Eher wie ein Kind vom Lande, das sich irrtümlicherweise auf der falschen Veranstaltung befindet. Fehlt nur noch, dass mich die Türsteher nicht reinlassen, weil ich eher nach einem Groupie aussehe als nach der Begleitung einer der reichsten Männer Montanas. Schnell schüttele ich die Gedanken beiseite und greife nach Davids Arm, um mich dort einzuhaken. Er schenkt mir ein aufmunterndes Lächeln und hilft mir, in den hohen Schuhen die endlos vielen Treppenstufen empor zu steigen. Zum Glück lassen uns die Türsteher ohne Probleme eintreten. Sie zucken nicht einmal mit der Wimper.

„Komm, ich möchte dir ein paar meiner Geschäftspartner vorstellen.“ David führt mich an verschiedenen Personen vorbei und nickt hin und wieder welchen zu. Vor eine Traube von Männern mit ihren Begleitungen hält er schließlich an. Sofort erkenne ich die zwei Männer, die damals, als ich so mir nichts dir nichts Davids Büro gestürmt habe, da waren.

Einen Augenblick später verfalle ich in ein fröhliches Gespräch mit dem grauhaarigen Mann, dessen Name ich schon wieder vergessen habe. Ein höflicher, lustiger Mann, der, im Gegensatz zum Rest der Gruppe, nicht mit seinem Geld prahlt. Langsam spüre ich, wie ich mich entspanne und nehme das Glas mit Champagner, das David mir mit einem Lächeln reicht, entgegen.

„Ich wusste vom ersten Moment an, als sie in Davids Büro gestürmt kamen, diese Frau passt zu unserem Partner.“ Der grauhaarige Mann zwinkert David zu und schenkt mir ein herzliches Lächeln.

„Na ja, mir war das ganze sehr peinlich“, gebe ich lachend zu. Dabei wandert mein Blick langsam durch die Menge, an den fein rausgeputzten Damen vorbei, zu jemandem, der am Fenster steht und mich geradewegs ansieht. Kenne ich diese Frau in dem weinroten langen Kleid? Um besser sehen zu können, drehe ich mich leicht um und dann fällt es mir wie Schuppen von den Augen. Doreen. Langsam und mit einer geschmeidigen Bewegung wie eine Katze stolziert sie zu uns herüber.

„Ani, wie schön dich zu sehen.“ Mit zwei Wangenküsschen begrüßt sie mich und ich kann nichts anderes tun, als diese Person wie eine Außerirdische anzustarren. Wie kann sie es wagen, nach all dem, hier her zu kommen und so scheinheilig auf gute Freundin machen?

Ungläubig starre ich sie an, als sie dann ihre Hand auf Davids Schulter legt und ihm etwas ins Ohr flüstert. Dabei dreht sie mir den Rücken zu und schmiegt sich an meinen Freund, wie eine rollige Katze. David sieht nicht weniger überrascht aus und lässt sich ebenfalls zwei Küsschen auf die Wange geben. Doch damit nicht genug, während ich wie das fünfte Rad am Wagen da stehe, plaudert sie mit ihm. Mittlerweile sind Davids Geschäftspartner weiter gegangen und so stehe ich nun mit meinem Glas in der Hand alleine da und würde es ihr am liebsten in ihren großzügigen Ausschnitt schütten. Mein Fuß tippt ungeduldig auf das Parkett und ich versuche, Davids Blick einzufangen.

Wie kann er mich nur so stehen lassen? Ich kann es nicht länger ertragen und obwohl auf eifersüchtige Tussi zu machen so gar nicht meine Art ist, schiebe ich mich an Doreen vorbei und greife nach Davids Hand.

„Ach Ani, dich haben wir ja ganz vergessen. Dabei wollte ich mich doch unbedingt mit dir unterhalten!“, vernehme ich Doreens Stimme neben mir. David sieht mich entschuldigend an. Ihm scheint die Situation genauso unangenehm zu sein wie mir.

„Ani Kleines, lass David doch Männergespräche führen. Deswegen ist er doch hier. Komm, wir beide haben uns einiges zu berichten.“ Schon krallen sich Doreens lange Fingernägel in meinen Oberarm und sie zieht mich mit sich.

Widerwillig folge ich ihr und an einem ruhigeren Plätzchen lässt sie mich schließlich los, sieht mich mit ihren kalten Augen angriffslustig an.

„Was willst du? Ich wüsste nicht, was wir beide zu bereden haben“ Um mich so uninteressiert an ihr wie nur möglich zu geben, nehme ich einen großen Schluck aus meinem Glas.

„Oh Ani, eine ganze Menge“, gibt sie mit einem falschen Lächeln zurück und ihr perfekt geschminktes Gesicht verzieht sich zu einer hässlichen Fratze.

„Das wäre?“ Gelangweilt blicke ich aus dem Fenster und verschränke meine Arme vor dem Körper.

Was interessiert mich ihr Geschwätz?

„Dir scheint es hier sehr gut zu gefallen? Du und David ihr seid ein wirklich ganz entzückendes Paar.“ Ihre Augen verdrehen sich zur Decke.

„Doreen, ich habe keine Lust auf deine Spielchen. Was willst du?“ Langsam werde ich ungeduldig.

Aus Doreens Kehle erklingt ein gekünsteltes Lachen, welches bei mir sofort jegliche Alarmstufen anspringen lässt. Die Frau führt etwas im Schilde, da bin ich mir sicher.

„Gut, wenn du mir nichts sagen willst, dann gehe ich jetzt. Dir ein schönes Leben und…“ Mit diesen Worten wende ich mich von ihr ab.

„Nicht so schnell, kleine Ani.“ Ihre Hand schießt nach vorne und ihre Fingernägel bohren sich tief in meinen nackten Oberarm. Vor Schmerz keuche ich kurz auf und sehe, wie ein wenig Blut an meinem Arm hinab läuft.

„David und du, ihr zwei passt doch gar nicht zusammen. Du gehörst nicht in seine Welt. Sobald er das hier“, sie klopft zweimal auf ihre schwarze Lederhandtasche, „entdeckt hat, wird er dich fallen lassen und du, du kannst zurück in die Gosse.“

„Doreen, was auch immer dein Problem ist, David und ich wir lieben uns und…“ Weiter komme ich nicht, da Doreen laut auflacht.

„Liebe? Denkst du er liebt dich noch, wenn er das hier sieht?“ Doreen greift in ihre Tasche und zieht einen Stapel Papier hervor. Wortlos reicht sie mir den Packen und wartet angestrengt auf meine Reaktion.

Langsam lasse ich meinen Blick auf die Papiere in meiner Hand gleiten. Es sind Fotos und darauf ist eine einzelne Person zu erkennen. Ich sehe mir jedes der Fotos an. Bilder, auf denen die Person unter einem Baum auf einer Parkbank sitzt. Um die Person herum geöffnete Bierdosen. Auf dem nächsten Bild wühlt die Person in einem Mülleimer, die alte kaputte Jeans und das blaue Hemd strotzen nur so vor Dreck. Das grüne Baseballcape sitzt so tief, dass man das Gesicht nur schwer erkennen kann und doch beschleunigt sich mein Herzschlag und mein Magen krampft sich unweigerlich zusammen. Als ich das nächste Bild ansehe, weiß ich warum. Dieses Mal ist das Gesicht eindeutig zu erkennen. Auch wenn das Gesicht aufgeschwemmt ist, die Augenränder dick und blau unterlaufen sind, besteht kein Zweifel. Es ist mein Erzeuger. Ich schlage mir die Hand vor den Mund und kann den Würgereiz kaum unterdrücken. Die Bilder fallen zu Boden und benommen gehe ich an der nun breit grinsenden Doreen vorbei in Richtung Ausgang.

Blindlings renne ich aus dem Saal. Ich habe das Gefühl, das ich in dem nebelverhangenen, nach Parfüm stinkenden Raum nicht mehr atmen kann. Tränen laufen mir die Wange hinab und ich stürme auf die Ausgangstür zu, als sich eine starke, warme Hand um meinen Oberarm legt. Panisch will ich mich befreien.

„He, ich bin es, David. Ani, was ist los?“, vernehme ich weit weg Davids Stimme.

„Ich…ich… bring mich hier weg, bitte“, flehe ich ihn unter Tränen an und David sieht mich bestürzt an.

Ohne groß nachzufragen legt er mir den Arm um die Schultern und führt mich zurück in Richtung Saal.

„Nein, bitte David, ich muss hier raus“, bettle ich und schlage panisch um mich.

„Ganz ruhig. Wir gehen durch den Hintereingang. Da draußen lauert die Presse.“ David spricht leise aber bestimmt und zieht mich neben sich an der Saaleingangstür vorbei. Schluchzend lasse ich es mit mir geschehen und als ich mich dann in Davids Wagen wiederfinde, brechen die Tränen nur so aus mir heraus.

„Was ist denn passiert? Ist es weil ich mich mit Doreen unterhalten habe? Hat sie dir irgendwelche Lügenmärchen erzählt?“ David umklammert wütend das Lenkrad.

„Nein, ich… bring mich einfach hier weg“, bitte ich ihn mit einem knappen Nicken und auch wenn ihm deutlich anzusehen ist, dass ihm die Antwort nicht genügt, fährt er los.

Schweigend fahren wir zu Davids Villa und kaum hält der Wagen, springe ich auch schon aus dem Auto. Ich muss raus aus dem Kleid. Noch immer habe ich das Gefühl, nicht richtig atmen zu können. David folgt mir mit schnellen Schritten, schließt leise die Schlafzimmertür hinter uns und beobachtet mich, wie ich aus dem Kleid schlüpfe.

„Willst du mir nicht sagen, was los ist?“

Was soll ich nur tun? Bisher hat die Alkoholabhängigkeit meines Erzeugers keine Rolle in unserer Beziehung gespielt. Aber wenn Doreen wirklich mit den Bildern an die Presse geht, was dann? Was wird aus David und mir? Für seine Firma ist es sicher nicht besonders förderlich, wenn seine Partnerin einen alkoholkranken Vater hat. Vielleicht sogar geschäftsschädigend. Mein Kleid fällt zu Boden und achtlos pfeffere ich meine Schuhe durch den Raum.

„Doreen erpresst mich“, zische ich die Wand an, gegen die meine Schuhe knallen.

„Was meinst du damit, erpressen?“ David nimmt auf dem Bett Platz und ich spüre, wie er mich aufmerksam ansieht.

„Sie meint, ich sei nicht gut für dich und…“

„Das glaubst du ihr doch nicht etwa?“, fragt er empört.

„Ich weiß es nicht. Doreen hat Fotos.“

„Fotos? Was für Fotos?“

„Von meinem Erzeuger, wie er besoffen auf der Parkbank sitzt und im Müll herumwühlt. Wenn sie die Bilder der Presse liefert und ich mich weiterhin mit dir zeige, dann wird das verheerende Folgen für deine Firma haben. Das kann ich nicht zulassen“, sprudelt es nur so aus mir heraus.

Stille erfüllt den Raum und ich kann hören, wie David geräuschvoll die Luft einatmet.

„Es tut mir leid. Ich habe leider keine schöne Vergangenheit und…“, weiter komme ich nicht denn David springt auf und stapft aus dem Raum.

Das war es also.

In dieser Nacht mache ich kaum ein Auge zu. David hat sich in seinem Büro verkrochen und ich fühle mich einfach nur schrecklich. Mir ist bewusst, dass es keine einfache Situation für ihn ist, aber mich allein zurücklassen? Das hätte ich dann doch nicht erwartet.

Auch am nächsten Tag verschanzt David sich in seinem Büro, kommt nur nachts in unser Schlafzimmer, legt sich ohne groß zu sprechen zu mir unter die Decke. Ich spüre seine Anspannung, aber wenn ich mit ihm sprechen will, blockt er ab und meint, er kläre das. Maylin bekommt natürlich unseren Streit mit. Wenn man es überhaupt Streit nennen kann, denn dann würde man ja miteinander reden, was wir nicht tun.

Irgendwann halte ich es nicht mehr aus und stürme in sein Büro, um ihn zur Rede zu stellen. Doch dort ist niemand. David ist weg. Ohne mir ein Wort zu sagen. Geräuschlos schließe ich die Tür wieder und gehe in die Küche. Auch wenn ich keinen Hunger habe, wenigstens Maylin sollte etwas essen.

Während ich uns etwas koche, höre ich, wie die Tür aufgeht und sie herein kommt.

„Ani, du musst dich umziehen. Ihr habt doch heute das Geschäftsessen." Maylin nimmt mir den Kochlöffel aus der Hand und begutachtet die braune Masse, die eigentlich ihr Essen hätte sein sollen, argwöhnisch.

„David ist schon gegangen", antworte ich wie in Trance.

„Aber er kommt um dich zu holen. Er hat gerade eben angerufen, um mich zu bitten, dass ich dich daran erinnere."

„Aber ich habe gar kein Telefon gehört", erwidere ich.

„Er hat auf meinem Handy angerufen. Jetzt mach schon. Du hast nur noch 30 Minuten Zeit und dieses komische Zeugs da, werfe ich weg und bestelle mir eine Pizza", sagt sie und schiebt mich förmlich aus der Tür.

Eigentlich habe ich gar keine Lust darauf wegzugehen, zumal David und ich schon seit ein paar Tagen nicht mehr richtig miteinander gesprochen haben. Wie soll ich, nach allem was passiert ist, auf gute Mine machen?

Nachdem ich mich schnell geduscht habe, ziehe ich ein knielanges, elegantes schwarzes Kleid an. Die Farbe passt genau zu meiner Stimmung. Meine Haare kämme ich solange, bis sie mir in sanften Wellen auf die Schulter fallen. „David ist da", brüllt Maylin und langsam gehe ich aus dem Schlafzimmer. Ohne ihn anzusehen schnappe ich mir meine Jacke. Obwohl er ein paar Meter weg von mir steht, kann ich den herben Duft seines Aftershaves riechen. Mein Herz hüpft aufgeregt, obwohl ich es gar nicht will.

Hör sofort auf damit, befehle ich ihm im Stillen doch natürlich hört es nicht auf mich. Nicht mal ansatzweise. Im Gegenteil. Wortlos gehe ich an David vorbei zu seinem Auto und jetzt macht mein Magen auch noch einen kleinen Freudentanz. Haben sich denn alle meine Organe gegen mich verschworen?

Schweigend setzt sich David hinter das Steuer seines Wagens und mit zusammen gekniffenen Lippen fahren wir durch das Tor. Keiner sagt etwas und ich schaue fasziniert, zumindest tue ich so, aus dem Fenster. Irgendwann fällt mir auf, dass wir gar nicht in die Stadt fahren. Im Gegenteil. Wir fahren mitten in die Pampa. Kein Auto weit und breit ist zu sehen.

Ist er jetzt übergeschnappt? Aber fragen will ich ihn auch nicht. Dazu bin ich zu stolz. Er soll den ersten Schritt machen.

Schweigend fahren wir und als ich es vor Anspannung kaum noch aushalte, drosselt er das Tempo und fährt auf einen Feldweg. „Schließ die Augen!“, befiehlt er mit leicht angespannter Stimme. Was??? Es besteht kein Zweifel, David ist übergeschnappt. „Schließe bitte die Augen!“, wiederholt er seine Aufforderung etwas barscher.

Na gut. Ich schließe meine Augen. Stoff legt sich über meine Augen und dann spüre ich seine Hand, die mich langsam aus dem Auto zieht.

„David, was hast du vor?“, will ich skeptisch wissen. Ich sehe nichts, wirklich gar nichts. Mein Gehör nimmt nur das Rascheln der Bäume war.

Ich spüre, wie wir einen kleinen Berg hinunter gehen. Mein Herz klopft wie verrückt und vor Aufregung zittere ich am ganzen Körper. Der Geruch von brennendem Holz und das Knistern um uns herum, lässt mich vermuten, dass wir uns an einem Lagerfeuer befinden. Oder etwas in der Art. Rauch steigt mir in die Nase und ich bleibe stehen.

„Keine Angst, nur noch ein paar Schritte.“ David beugt sich zu meinem Ohr und dirigiert mich ein paar Schritte weiter. Dann, ganz langsam macht er sich an meiner Augenbinde zu schaffen, die dann von meinem Gesicht zu meinem Hals gleitet. Ich muss ein paar Mal kräftig blinzeln. Wir stehen mitten auf einem Feld. Aber es ist nicht irgendein Feld, ich erkenne es sofort. Hier war ich schon einmal. Mit David, als er mich bei seiner Tante abgeholt hat, um uns zum Flughafen zu bringen. Auch wenn die Maschinen weg sind, weiß ich, dass es hier war. Vor uns befindet sich ein kleines Lagerfeuer. David beugt sich hinab, zieht aus seiner Jacke ein Feuerzeug und zündet etwas auf dem Boden an. Sofort steigen kleine Flammen in die Höhe, die sich am Boden ausbreiten. Jetzt sehe ich, was er da angezündet hat: Es ist ein Herz.

Vor Überraschung schlage ich mir die Hände vor den Mund. Was hat er vor? Wird das ein Heiratsantrag? Dann zieht er aus seinem Jackett etwas, aber es ist keine

Schachtel oder so etwas. Also kein Heiratsantrag. Wäre auch zu schön gewesen. Aber trotzdem brenne ich vor Neugierde, was jetzt kommt.

David sieht auf den Boden, er wirkt nervös und aufgeregt und dann spricht er mit belegter Stimme: „Das ist für dich."

Er reicht mir... eine Zeitung. Eine Zeitung? Was soll ich denn bitte mit einer Zeitung? Ich hatte einen Heiratsantrag oder eine Liebeserklärung oder sonst was erwartet. Aber eine Zeitung? Was soll ich denn damit? Argwöhnisch sehe ich erst David und dann die Zeitung in meiner Hand an. „Du musst sie umdrehen", sagt er kaum hörbar.

Was soll denn bitte mit der Zeitung sein? Jetzt mache ich mir wirklich ernsthafte Sorgen um ihn. Vielleicht ist ihm der Ölgeruch, mit dem er sich jeden Tag umgibt, zu Kopf gestiegen.

Ich sage nichts und drehe die Zeitung um und dann, auch wenn das Licht sehr schwach ist, sehe ich erst David und dann mich auf der Titelseite einer Klatschzeitung mit morgigem Erscheinungsdatum.

„Was ist das denn?", bringe ich heraus und beginne die Überschrift zu lesen:

Das Traumpaar aus der Realityshow ‚Traumfrau gesucht' hat sich verlobt

„Was???" Meine Augen spielen mir doch einen Streich. Aber nein, das steht da wirklich und als David dann noch vor mir auf die Knie fällt, weiß ich, dass es echt ist.

„Anisha, ich weiß, dass ich manchmal ziemlich kompliziert bin und du es nicht leicht mit mir hast. Aber in den letzten Monaten habe ich gemerkt, wie wichtig du mir bist. Ich will ohne dich, ohne euch, nicht mehr leben. Bitte, heirate mich!"

„Aber die Sache mit meinem Erzeuger und dann noch die Presse, ich…", bringe ich stotternd hervor und versinke beinahe in Davids blauen Augen, die mich so liebevoll ansehen.

„Das habe ich alles geklärt. Deswegen war ich auch die letzten Tage so beschäftigt. Doreen war zwar nicht begeistert als ich ihr meine Anwälte auf den Hals gehetzt habe, hat aber die Bilder dann doch zerstört. Und die Sache mit deinem Vater, ich habe mit seinem Bruder telefoniert…"

„Mit Onkel Jo?"

„Ja, er will versuchen deinen Vater zu einem Entzug zu überreden. Ob das gelingt steht in den Sternen, aber einen Versuch ist es wert." David kniet immer noch vor mir und seine teure Anzughose muss mittlerweile bestimmt vom nassen Boden schon ganz feucht sein.

„David, ich…", langsam gehe ich zu ihm hinunter in die Knie und sehe ihn mit all meiner Liebe an, „ich will unbedingt deine Frau werden, aber nur, wenn du mir versprichst, dass wir in Zukunft gemeinsam nach einer Lösung suchen. Du kannst mich nicht in Watte packen. Es macht mich krank, wenn du dich vor mir verschließt."

David nickt und dann zieht er mich an sich. Tränen des Glücks laufen an meiner Wange hinab.

EPILOG

Elegant, zumindest versuche ich es, schreite ich den langen, mit Blumen geschmückten Gang entlang. Der Duft von Rosen, vermischt mit Lavendel hängt wie Nebel in der Luft. Den Klang der Musik nehme ich nur am Rande wahr. Die Menschen, die sich in der kleinen Kapelle versammelt haben und mich in dem mit Spitze besetzten, langen weißen Kleid nun erwartungsvoll anstarren, beachte ich nicht. Meine Augen sind nur auf einen Punkt gerichtet und saugen jeden Zentimeter dieses Punktes in sich auf. Mein Herz schwillt vor Liebe und Zuneigung für diese Person, die vor dem Traualtar auf mich wartet, an. Ich habe das Gefühl, als ob es jeden Moment herausspringen will.

Dort steht er, mein zukünftiger Mann, und seine Augen sehen mich voller Liebe an, dass ich immer noch denke, mich mitten in einem wunderschönen Traum zu befinden. Als er mir dann noch seine warme weiche Hand reicht und mich neben sich vor den Altar führt, weiß ich, es ist kein Traum. Das hier ist echt, verdammt echt, in ein paar Minuten werde ich Mrs. Brandon sein und den Rest meines Lebens mit meinem Mr. Perfekt verbringen.

ENDE

31352333R00136

Printed in Poland
by Amazon Fulfillment
Poland Sp. z o.o., Wrocław